소녀의 마음

옮긴이 햇살과나무꾼

동화를 사랑하는 사람들이 모여 만든 곳으로, 세계 곳곳에 묻혀 있는 좋은
작품을 찾아 우리말로 소개하고 어린이의 정신에 지식의 씨앗을 뿌리는 책을
집필하는 어린이책 전문 기획실이다.《나는 선생님이 좋아요》《소녀의 마음》
《산 너머는 푸른 바다였다》《내 안의 또 다른 나, 조지》《워터십다운의 열한
마리 토끼》들을 우리말로 옮겼으며,《위대한 발명품이 나를 울려요》
《민들레 씨앗에 낙하산이 달렸다고?》《마루랑 온돌이랑 신기한 한옥 이야기》
들을 썼다.

*

소녀의 마음

하이타니 겐지로 · 햇살과나무꾼 옮김

양철북

1

고양이 차푸가 집을 나간 지 사흘째다.

"페르시아고양이는 샴고양이보다 인정머리가 없다니까."

미네코의 말에 또 실랑이가 벌어졌다.

중학교 3학년인 외동딸 가스리가 턱을 슬쩍 쳐들고 말했다.

"페르시아고양이가 샴고양이보다 우아해서 좋다고 한 사람이 누군데? 아무튼 늘 저렇게 무책임하다니까."

"얘는 왜 관계도 없는 말을 끌어다 붙여서 시비를 걸어? 도대체 무슨 말을 못 하겠네."

미네코는 쌀쌀맞은 눈빛으로 딸을 보며 대꾸했다.

가스리는 "흥!" 하고 코웃음을 쳤다.

"차푸나 너나 사춘기라서 반항하는 건 이해하겠는데, 넌 좀 심해."

"밉살스러운 말 좀 그만해. 아유, 짜증 나."

가스리는 얼굴을 잔뜩 찌푸리면서 덧붙였다.

"아무것도 모르면서."

"부모 자식도 어차피 남이니까 당연히 모르는 게 있겠지."

"그런 말이 아냐!"

가스리는 분통을 터뜨리듯 소리를 빽 질렀다.

"우리한테 사춘기니 반항기니 하는 어른들은 한마디로 말해 게으름뱅이들이야. 그걸 모르니까 아무것도 모른다고 한 거라고."

"그게 무슨 뜻이니?"

"사람은 제각각 다르다고."

"네가 말 안 해도 그쯤은 알고 있어."

"사춘기나 반항기라서 어떻다는 말을 듣는 아이들도 저마다 달라. 똑같은 사람은 하나도 없어."

"그게 어쨌다는 거니?"

"아무튼 저렇게 둔하다니까."

가스리는 퉁명스럽게 말했다.

"자기들이 감당하기 힘든 일이 있으면 그저 사춘기라서 그렇다는 둥 반항기라서 그렇다는 둥 쉽게 말해 버리잖아. 그러면 이것저것 생각하지 않아도 되니까 편하겠지. 그게 게으른 거지 뭐야? 일일이 설명을 안 해 주면 알아듣지도 못한다니까. 지겨워, 정말."

"흠, 그런 말이었어?"

미네코는 감탄스럽다는 건지 어이없다는 건지 알 수 없는 표정을 지었다.

"네 마음에 들려면 사는 게 얼마나 피곤할까?"

가스리가 심통을 부리며 말했다.

"토스트 줘."

"네가 가져다 먹어."

가스리가 입을 삐죽거리며 투덜댔다.

"만날 챙겨 주고 싶어 하면서. 아무튼 변덕스럽긴 정말….."

"부모 자식 사이를 어쩌겠니?"

이번에는 가스리도 인정한다는 듯이 말했다.

"맞아. 부모 자식 사이를 어쩌겠어."

구니오는 그제야 읽고 있던 신문을 내려놓았다.

"당신, 너무해. 이럴 때 한마디라도 거들어 주면 좋잖아요."

미네코는 코맹맹이 소리로 투정 부리듯 말하다가 아차 싶었는지 말을 끊었다. 아니나 다를까 가스리의 목소리가 날아들었다.

"어유, 닭살이야."

미네코는 시치미를 뗐다.

"뭐가?"

"애교 떠는 것 좀 봐."

"무슨 소릴 하는 거야?"

미네코는 거친 동작으로 토스트에 버터를 발랐다.

"저것 봐, 괜히 찔리니까."

마침내 미네코가 정색을 했다.

구니오가 눈짓으로 말렸다.

"가스리."

"왜요?"

"이번 주 일요일에 시간 있니?"

"시간은 있지만, 왜요?"

"중고 요트를 사려고. 일요일에 직접 보러 갈까 하는데…."

가스리가 구니오의 말허리를 뚝 자르고 통통 튀는 목소리로 끼어들었다.

"가요, 가요."

미네코가 이번에는 진지하게 말했다.

"구니오 씨, 가스리가 응석 부린다고 너무 받아 주지 말아요. 얘는 계부라는 점을 교묘하게 이용하고 있으니까."

가스리가 물었다.

"계부가 뭐야?"

미네코가 대뜸 쏘아붙였다.

"의붓아버지. 넌 그것도 모르니? 걸핏하면 어른이 다 된 양 나불거리면서."

가스리가 핀잔을 놓았다.

"어유, 말하는 것 좀 봐. 엄마 제자들이 불쌍해."

"그게 무슨 뜻이야?"

"우리 집에서 학생들이랑 토론할 때는 그렇게 상스러운 말 안 쓰잖아."

"계부라는 말이 뭐가 상스럽니?"

"흥! 그게 상스럽지 않아? 게다가 나불거린다가 뭐야? 그런 말도 상스러워."

미네코는 한숨을 내쉬었다. 그러고는 버겁다는 눈빛으로 가스리를 바라보았다.

"그리고 분명히 말해 두겠는데⋯."

가스리는 미네코의 눈빛을 되받아 쏘아보며 말을 이었다.

"나, 내가 원해서 계부랑 사는 거 아냐."

구니오가 끼어들었다.

"가스리. 그런 말은 하는 게 아니지."

가스리는 "어머" 하고 깜짝 놀란 표정을 짓고는 이내 누구한테랄 것 없이 "미안해요, 미안해" 하고 말했다.

구니오가 덤덤하게 가스리를 칭찬했다.

"나는 가스리의 그런 점이 마음에 든다."

"그런 말까지 할 건 없잖아요."

미네코는 조금 원망스럽다는 표정이었다. 순간순간 어른의 얼굴과 아이의 얼굴 사이를 왔다 갔다 하는 가스리한테 맥없이 휘둘리는 구니오가 못마땅했다.

"다 좋은데, 학교 갈 준비는 해야 되지 않겠니?"

가스리는 대답도 없이 자리에서 일어났다. 미네코의 등 뒤로 돌아가, 손가락으로 미네코의 머리를 가리키며 뱅뱅 동그라미를 그렸다. 마지막으로 가스리는 다섯 손가락을 좍 펴 보이며 구니오에게 한쪽 눈을 찡긋거렸다.

구니오가 두 손 들었다는 얼굴로 웃었다.

위층으로 올라간 가스리는 좀처럼 내려오지 않았다.

'아무튼 못 말린다니까.'

미네코는 입속으로 중얼거리고는 위층에 대고 소리를 질렀다.

"가스리!"

해 질 녘에 가스리는 사내와 함께 공원을 걷고 있었다.

"흠, 글쎄다."

사내는 조금 난처한 듯이 말했다.

"엄마는 그냥 구니오 아저씨라고 부르래. 억지로 아빠라고 부르는 건 좀 기분 나쁘다나?"

"엄마다운 말이구나."

"엄마가 너무 무리하는 것 같지 않아? 뭐랄까 무지 애쓰고 있는 느낌이랄까?"

"뭐?" 하고 사내는 놀란 얼굴로 가스리를 보았다.

"싫어, 그러는 거."

사내는 가스리를 지그시 바라보았다.

"처음에야 아빠라고 부르기 거북하겠지. 하지만 그런 건 추울 때 눈 딱 감고 수영장에 들어가는 거랑 똑같은걸. 금세 익숙해지니까. 그 사람, 나를 싫어하는 것 같진 않아."

"당연히 그렇겠지."

"너무 자신만만한 거 아냐?"

"꼭 내 딸이라서 하는 말은 아니지만."

가스리는 후후후 웃으며 말을 이었다.

"나한테 밉보이면 안 되겠다 싶은 거겠지. 귀엽잖아."

"녀석, 말하는 것 하고는."

사내는 가스리의 이마를 콩 쥐어박았다.

"예전에 엄마가 했던 말 기억나? 여자는 귀여운 걸로 남자를 홀리려고 하면 안 된다고 그랬지. 그때 아빠가 뭐랬는지 기억나?"

"글쎄다."

"기억 안 나?"

"안 나는구나."

"아빠가 '그야 그렇지만, 대놓고 그런 말을 하면 남자는 질려 버려'라고 했잖아."

사내가 하하하 웃으며 대답했다.

"그래, 이제 기억난다. 그때 너는 내 멋대로 귀여운 건 괜찮지 않으냐면서 엄마한테 맞섰지."

"내 멋대로 귀여운 건 괜찮다" 하고 사내는 다시 한번 혼잣말처럼 중얼거리고는 재미있다는 듯이 웃었다.

"누군가가 귀엽다고 생각될 때, 난 그 사람이 좋아져."

"음. 아주 그럴싸한 말이구나. 그런 말을 들으면 남자도 마음이 편할 거야."

가스리가 "흠, 그렇단 말이지?" 하고 어른스레 중얼거렸다.

"엄마는 왜 귀여운 구석이 없을까?"

사내는 못 들은 척했다.

"응? 왜 그런 것 같아?"

"뭐가?"

가스리가 끈질기게 캐물었다.

"엄마는 왜 귀여운 구석이 없냐고."

"너한테는 그렇게 보여도 다른 사람, 이를테면 다나카 구니오 씨한테는 귀엽게 보일지도 모르지."

"구니오 아저씨한테는? 그런가? 그렇구나."

가스리는 잠깐 생각하고 다시 말했다.

"그런데 아빠, 엄마가 구니오 아저씨한테 애교를 부릴 때가 있는데….""

가스리는 퍼뜩 뭔가 깨닫고 허둥지둥 말했다.

"아, 미안해, 아빠. 이런 말, 좀 그렇지?"

"뭘 새삼스럽게. 괜찮아. 그래서 뭐가 어떻다고?"

사내는 쓴웃음을 지었다.

"으응, 그러니까 내가 하고 싶은 말은, 구니오 아저씨는 엄마한테 애교를 부리지 않는다고."

"그야 남자니까."

"그런 뜻이 아냐. 그러니까…. 아, 뭐라고 표현하면 좋을까?"

가스리는 답답하다는 듯이 말했다.

"구니오 아저씨는 엄마를 그렇게 귀엽다고 생각하는 것 같지 않다고. 엄마는 구니오 아저씨한테 그런 사람이고 싶은 것 같은데."

"못 당하겠군."

사내가 나직이 중얼거렸다. 그 말이 귀에 걸린 듯, 가스리가 "왜?" 하고 물었다.

"인마, 생각해 봐. 딸이 그렇게 사소한 것까지 관찰하고 따지니 피곤해서 어디 살겠냐?"

"그래? 그런 거야?"

가스리는 밝은 목소리로 말했다.

"쳇, 엄마도 걸핏하면 나를 비판하는걸."

"하긴 그 사람, 꽤 비판적이니까."

가스리는 기세가 올라 말했다.

"그렇지?"

사내는 말실수를 했구나 싶었다.

"자, 하던 이야기를 마저 할까?"

"으응, 무슨 얘기였더라?"

가스리는 고개를 갸우뚱하고 장난스레 말했다.

"다나카 구니오 씨를 어떻게 부르는 게 좋겠냐고 물었잖아."

"아, 맞다."

가스리는 후후후 웃으며 사내의 팔짱을 꼈다.

"그딴 건 아무래도 좋아."

그렇게 말하고, 가스리는 사내의 팔뚝에 자기 뺨을 비볐다.

사내가 놀리듯이 물었다.

"애인이 생기면, 애인한테도 이럴 거냐?"

"당연하지."

가스리가 사내의 등을 퍽 쳤다.

"아빠 한 번도 집에 오란 말을 안 하네?"

"섭섭하니?"

가스리는 어리광을 부리듯이 말했다.

"으응, 조금은."

"그럼, 올래? 네 엄마하고는 네가 얼마든지 자유롭게 우리 둘 사이를 오갈 수 있도록 하자고 합의했으니까."

"알아."

사내가 웃으며 말했다.

"이번엔 아빠가 하나 묻자. 가스리는 왜 아빠 집에 안 와?"

"으응, 그, 그건 말이야."

사내는 놀리듯이 "으응, 그, 그건 말이야" 하고 가스리의 말을 그대로 흉내 냈다.

"아빠, 바보. 다 알면서."

가스리는 사내의 등을 또 한 번 퍽 때렸다.

어디선가 스피츠 한 마리가 줄을 질질 끌며 다가와 재롱을 부렸다.

가스리가 쭈그리고 앉아 스피츠를 안아 올리며 사내에게 말했다.

"이제 엄마도 많이 안정되었으니까 앞으로는 아빠 집에서 가끔 자고 갈게."

"가스리, 이거 한번 읽어 보겠니?"

구니오가 가스리에게 잡지를 내밀었다.

잡지를 받아 들고 한동안 활자를 좇던 가스리가 "흥!" 하고
입을 비죽였다.

미네코가 물었다.

"뭔데 그래?"

"어떤 부부가 집 나간 고양이를 찾고 있대. 그런데 정말 가
관이야. 전단지까지 만들어 신문에 끼워 넣고, 전봇대에 고양
이를 찾는다는 종이도 붙이고, 포스터까지 만들어서."

"어떤 사람이야, 그 사람들?"

"어떤 사람이긴, 이런 사람이지. 부인이 밤새도록 혼자 차
안에서 고양이를 기다리고 있었대."

미네코가 다시 물었다.

"도대체 어떤 사람이야?"

"고양이 걱정에 눈물을 뚝뚝 흘렸다는군."

"바보 같아."

"엄마 눈에는 바보 같아 보이겠지. 하지만 난 그 사람들 마
음, 조금은 알 것 같아. 엄마는 좀 이해하기 어렵겠지만."

"어머, 얘 좀 봐? 너도 그 사람들 흉봤잖아."

"내가 언제? 아무튼 엄만 얄미워."

가스리는 이맛살을 잔뜩 찌푸렸다.

구니오가 놀리듯이 말했다.

"두 분, 또 시작이십니까?"

가스리가 불쑥 구니오에게 물었다.

"우리 엄마 귀여워요?"

구니오는 순간 말문이 막혀 어색한 웃음을 지었다. 미네코의 표정이 살짝 굳어졌다.

가스리는 얼른 물러났다.

"티격태격할 때는 둘 다 귀엽지 않겠죠. 내가 괜한 걸 물어본 것 같네요."

"그렇지 않아."

구니오가 말했다.

미네코의 표정은 그대로다.

"가스리."

"네?"

구니오가 갑자기 화제를 바꾸었다.

"이 잡지에 나온 부부처럼 차푸를 찾는 광고를 하면 어떨까?"

가스리가 미네코의 눈치를 살피며 말했다.

"글쎄요."

미네코의 표정은 여전히 풀리지 않았다. 그러자 가스리가 코맹맹이 소리를 냈다.

"하지만 우린 그렇게 부자가 아니니까. 그치, 엄마?"

"그걸 말이라고 하니? 어이가 없어서, 정말."

가스리는 그제야 마음이 놓이는 얼굴이었다.

"돈을 들여 만들자는 게 아니라, 가스리가 직접 포스터를 만들어서 근처 잘 아는 가게 앞에 붙여 보라는 거야."

"아, 그런 말이었어요? 난 또 이 잡지의 부부처럼 하라는 줄 알았죠. 엄마한테는 안 그런 척했지만, 솔직히 내가 보기에도 이 사람들은 좀 문제가 있어. 지나친 애정은 상대를 오히려 불편하게 만들거든요. 그걸 모르는 사람은 좀 둔한 거 아닐까? 이 사람들이 그러냐, 안 그러냐를 떠나서."

가스리는 쉴 새 없이 재잘거렸다.

"학교 선생님 중에도 그런 사람이 있어요. 자기가 예뻐하는 학생이 자기를 얼마나 싫어하는지 꿈에도 모르는 꼴불견 선생님."

"가스리도 그런 선생님을 만난 경험이 있나 보지?"

"있고말고요."

잘난 척하며 가스리가 대답하자, 미네코가 말했다.

"그런 말을 자랑스레 떠벌리는 애도 똑같이 둔해."

순간, 가스리가 발끈해서 곧바로 되받았다.

"그런 말로 자기 자식을 탓하는 부모도 둔해."

잔뜩 가시가 돋친 말투였지만, 가스리는 더 따지고 들지는 않았다.

"난 차푸의 가출 문제를 냉정하게 바라보고 싶단 말야. 사실 차푸는 애인을 찾아서 집을 나간 거니까 어쩔 수 없잖아. 묶어 두면 편하겠지만, 난 그런 거 싫어."

"가스리의 가치관과 어긋나니까."

"맞아요. 자기가 자유를 누리고 싶으면 남의 자유도 보장해 줘야죠."

그러고는 밝은 목소리로 미네코에게 물었다.

"엄마도 위스키 한잔할래?"

미네코가 부엌 쪽을 힐끔 곁눈질했다.

"설거지는 나중에 해도 되잖아."

"애, 뭐가 그렇게 좋아?"

미네코는 미심쩍은 눈초리로 가스리를 보았다.

"내가 뭘?"

가스리가 쏘아붙였지만, 이번에는 얼굴을 찌푸리지 않았다.

가스리는 직접 일어나 잔을 가지러 갔다.

"받아."

가져온 잔을 미네코에게 내밀었다.

탁자에 놓인 양주병을 기울여 짙은 호박빛을 띤 액체를 따랐다.

"이번엔 아빠."

가스리는 구니오의 잔에도 술을 따랐다.

구니오는 깜짝 놀라며 당황한 듯 말했다.

"엇. 이러지 마, 가스리. 아저씨라고 불러 줘. 무리하지 않아도 돼."

가스리는 조금 의아한 얼굴로 구니오를 빤히 바라보았다.

"진심이에요?"

가스리가 조그맣게 물었다. 차가운 목소리였다.

한순간, 구니오의 얼굴에 난처한 기색이 스쳤다.

"엄마!"

가스리는 짐짓 명랑한 척 짜랑짜랑한 목소리로 말했다.

"구니오 아저씨는 아빠라는 말이 듣기 싫대."

"저, 가스리. 그런 말이 아니라⋯."

미네코가 가스리에게 말했다.

"그런 건 자연스럽게 하는 거야. 그런데 왜 갑자기 마음이 바뀐 거야?"

가스리가 입을 삐죽거리며 대꾸했다.

"지난번에 아빠를 만났을 때, 아빠가 구니오 아저씨한테 '아빠'라고 하랬단 말이야."

미네코는 한동안 물끄러미 가스리를 바라보았다.

"아빠가 둘인 건 좀 이상하지만, 엄만 그런 걸 좋아하잖아? 엄마는 독특한 여자니까."

"너, 대체 무슨 생각을 하는 거야?"

가스리가 대들 듯이 말했다.

"아무 생각도 안 해."

"너, 아빠랑⋯."

미네코는 힐끔 구니오를 보고는 고쳐 말했다.

"만조 씨하고는 얼마나 자주 만나는 거야? 한 달에 몇 번 만나?"

가스리 대답을 듣기도 전에 미네코는 황급히 말을 이었다.

"만조 씨하고 만나거나 왕래하는 건 어디까지나 네 자유야. 엄마나 구니오 씨나 만조 씨나 그 정도 상식은 있고, 애당초 그러기로 약속하고 서로의 생활을 바꾼 거니까. 만조 씨를 만나거나 만조 씨 집에 갈 때는 반드시 우리한테 알려 줘. 알

왔니, 가스리?"

가스리는 이상하게도 고분고분 알았다고 대답했다.

"그럼, 아빠 집에서 자고 와도 돼?"

미네코는 곧바로 대답하지 못한 채 구니오의 얼굴을 바라보았다.

구니오가 대답했다.

"물론이지."

"엄마, 괜찮아?"

"괜찮지만, 비밀을 갖는 건 싫어."

"비밀 없는 사람이 어디 있어?"

가스리가 혼잣말처럼 중얼거렸다.

"무슨 말이야?"

"됐어, 아무것도 아냐."

가스리는 대꾸했다.

"엄마, 다른 얘기 해도 돼?"

"좋을 대로."

미네코는 한시름 놓았다는 얼굴이었다.

"엄마 제자들, 언제 또 와?"

"셋째 주 목요일에 올 거야."

"니시자와 기쿠코 언니도 와?"

"아마도. 그런데 왜?"

"나, 상담을 해 주고 있거든."

"무슨 일로?"

"희생양에 대한 거."

"희생양?"

"길 잃은 어린 양."

"무슨 말이야, 그게?"

가스리는 조금 쌀쌀맞게 대꾸했다.

"그런 게 있어."

가스리는 아파트 문 앞에 서 있었다. 사내가 잠옷 바람으로 얼굴을 내밀었다. 가스리가 콧잔등에 주름을 모으며 말했다.

"아이, 뭐야."

"아, 미안 미안. 조깅하고 나서 샤워를 했거든. 네가 온다고 해서 마음 놓고 있었어."

"작업 안 해?"

"안 해."

"내가 있어도 평소처럼 해."

"그래."

사내는 수건으로 젖은 머리를 벅벅 닦았다.

"엄마가 용케도 보내 줬구나."

"원래 약속이 그랬으니까."

"아무리 약속했어도 막상 닥치면 감정이 끼어들게 마련이거든."

"그래? 그럼, 내가 여기 오고 싶어도 엄마가 허락해 주지 않으면 어쩔 수 없다는 거야?"

"그런 말은 아니야."

"그 말이 그 말이잖아, 뭐."

"녀석, 말 한번 잘하는구나. 아빠 집에 오기까지 네 마음이 어땠는지 생각해 보면 알 수 있을 텐데?"

"그런가?" 하고 말해 놓고 가스리는 혀를 쏙 내밀었다.

"내가 졌어."

가스리는 이내 말을 이었다.

"아빠랑 엄마는 달라도 너무 다른 것 같아."

"과연 그럴까?"

"아빠, 너무 여유 부리는 거 아냐?"

사내가 껄껄 웃었다.

"이제 아빠랑 완전히 맞먹는구나. 너도 많이 힘들겠지. 부모로서 가슴 아프구나."

"그렇게 생각해?"

"그래."

"하지만 아빠, 난 지금도 충분히 행복해. 엄만 늘 아슬아슬해 보이지만 지금은 그럭저럭 괜찮은 편이잖아. 또 아빠는 다른 사람의 기분을 무시하고 억지를 부리는 성격도 아니고, 그 사이에서 난 꽤 자유롭게 지내고 있으니까 말이야."

"너 같은 자식이 있는 걸 감사해야 할지 말아야 할지, 마음이 굉장히 복잡하구나."

사내는 자조적으로 말하고 씁쓸하게 웃었다.

"아빠 이제 결혼 안 할 거야?"

"결혼이라. 글쎄, 누군가를 좋아할 수는 있겠지만….."

"좋아하는 사람 있어?"

"응?"

"지금 있어?"

사내는 끄응 하고 신음 소리를 냈다.

"있으면 나한테 소개해 줘. 축하해 줄게. 그 사람한테 심술 안 부릴게."

사내는 고맙다고 대꾸하며 웃었다.

"아빠, 저녁은 뭘로 할까?"

"간단하게 스테이크로 할까? 괜히 복잡한 요리하느라 시간을 보내는 것보다는 너하고 오래오래 얘기하는 게 좋겠어."

"아, 눈물 나게 감동이야."

가스리는 장난기가 잔뜩 배어 있는 말투로 말하고는 갑자기 오른손을 번쩍 들어 탁 하고 손가락을 튕겼다.

가스리가 신이 나서 말했다.

"아빠, 내가 감자 샐러드 만들게. 감자를 작게 썰어서 삶으면 금방 다 된다니까. 그 전에 양파랑 오이도 썰어서 소금을 뿌려 놓고."

사내는 가스리와 나란히 부엌에 섰다.

"너하고 요리하는 게 몇 달 만이지?"

"아빠가 집을 나간 뒤로 처음이니까….."

"반년 만인가?"

"응, 맞아. 그쯤 됐어. 아빠는 요리 솜씨가 좋은데 엄마는 영 엉망인 걸 보면 난 아빠를 닮았나 봐."

사내가 익살스레 말했다.

"아이고, 기쁘기 그지없는 말씀이십니다."

"그지없다는 게 무슨 뜻이야?"

"끝이 없다, 뭐 그런 뜻이지."

"흠."

그러다 문득 가스리는 어두운 표정을 지었다.

"아빠."

"응?"

"나, 아빠한테 사과할 거 있어."

"뭔데?"

"얼마 전에 구니오 아저씨를 아빠라고 불렀어."

"그래?"

사내는 가스리의 얼굴을 바라보며 되물었다.

"그랬더니 구니오 아저씨가 당황해하면서 아빠라고 안 불러도 된다고, 지금처럼 그냥 아저씨라고 부르라고 하는 거 있지."

사내가 부드럽게 말했다.

"쑥스러웠던 거겠지."

가스리가 조그맣게 말했다.

"그런 게 아냐. 정말로 아빠란 말이 듣기 싫은 것 같았어."

사내는 조금 그늘진 표정으로 가스리를 보았다.

"그때 엄마가 왜 갑자기 마음이 변했냐고 물어서, 아빠가 그러랬다고 거짓말을 해 버렸어. 미안해, 아빠."

사내는 한동안 말이 없었다.

"아빠, 미안해."

사내는 나직이 한숨을 내쉬고는 먼 곳을 바라보았다.

그 일에 대해서는 아무 말도 하지 않은 채, 그저 묵묵히 딸의 머리를 쓰다듬었다.

"구니오 아저씨는 나한테 정말 잘해 주지만, 뭐랄까… 내 눈치를 살피는 듯한 느낌이랄까?"

가스리가 톡톡 감자를 썰었다.

"그게 불만이니?"

"불만은 아니지만, 자기 감정을 솔직하게 드러내지 않는 사람은 좀 거북해. 조금 불쾌하기도 하고. 엄만 이런 거 알까?"

가스리는 혼잣말을 하듯 중얼거렸다.

"아빠, 스테이크는 몇 그램이야?"

사내는 쓴웃음을 지으며 말했다.

"갑자기 그건 왜 묻는 거냐?"

"너무 크면 안 돼. 200그램 정도가 딱 좋아."

"그렇잖아도 조심하고 있어."

"아빠도 이젠 나이가 있으니까."

"녀석, 꼭 마누라 같은 말을 하는구나."

"마누라?"

가스리가 되뇌었다.

"마누라. 마누라라는 말, 어쩐지 맘에 들어, 아빠."

"너도 언젠가는 누군가의 마누라가 되겠지."

"마누라가 좋아. 아내란 말은 별로야."

"뭘 아는 것처럼 말하는데, 너 정말 뭘 알기나 하고 그러는 거야?"

사내가 농담처럼 물었다.

"글쎄? 엄마한테는 마누라라는 느낌이 없어. 이치코 고모 가 딱 어울려."

사내는 적이 감탄한 듯 말했다.

"흠, 제법인데?"

가스리는 스무 살에 집을 나가 떠돌이 생활을 했던 사내의 누이 이야기를 꺼낸 것이다.

타락의 구렁텅이에 빠진 남자를 만나 새 삶을 찾아 주고 두 아이를 키워 낸 여자의 삶을 가스리는 제 나름대로 이해하고 있었다.

사내는 딸이 초등학교 2학년 때 학교에 불려 간 적이 있다.

"다른 사람이 이 글을 읽으면 곤란할 것 같아서 직접 드리 려고요."

담임선생이 이 말과 함께 내놓은 것은 딸이 쓴 글이었다.

'내가 좋아하는 사람'이라는 제목의 글에는, 술을 잘 마시 고 취하면 노래방에서 노래를 부르는 고모의 버릇과 눈물 많 은 성격 들이 꽤 섬세하게 묘사되어 있었다. 거기까지는 좋았 는데, "이치코 고모는 매우 착한 분이지만 옛날에는 고생을 아주 많이 했습니다"라는 문장으로 시작해서 고모네 가족이 젖먹이를 업고 도망 다니던 이야기며 유치장에 사식을 넣어 준 이야기까지 가스리가 들은 얘기가 고스란히 적혀 있었다.

그때 사내는 담임선생한테 미안하다고 얘기하고 딸의 글을 가지고 돌아왔다.

사내가 가스리에게 물었다.

"너, 글짓기 시간에 이치코 고모 이야기 썼던 거, 기억나니?"

"기억나."

가스리가 양파를 씻으며 대답했다.

"초등학교 2학년 때였어."

가스리는 정확하게 기억하고 있었다.

"그때, 엄마가 창피하다고 말했던 것도 다 기억나."

가스리는 입술을 깨물었다.

"…."

가스리가 고개를 숙인 채 물었다.

"아빠 그런 엄마가 싫지?"

"…."

한동안 침묵이 흘렀다.

"미안해, 아빠. 그런 걸 물어서."

사내는 달리 할 말이 없었다.

"아빠, 미안해."

불현듯 사내는 딸을 꼭 안아 주고 싶은 감정에 휩싸였지만, 가까스로 억눌렀다.

"우선, 뭐든 좋으니까 '타블로의 시인'이라 일컫는 니콜라스의 말 중에서 마음에 드는 것을 발표해 볼까요?"

미네코가 말했다.

여대생들은 일곱 명으로 평소보다 적었다. 미네코가 맡고 있는 토론회에 참가하는 학생들이었다.

"자, 이쪽부터."

미네코가 옆자리에 앉은 학생에게 재촉했다.

"회화에 대한 글을 쓰려는 것은 언제나 부질없는 짓으로, 그저 회화를 감상하거나 바라보거나 사랑하거나 거부하기만 하는 사람들에게는 성가실 뿐이다."

그러자 비슷한 내용의 글이 있다면서 한 학생이 말을 받았다.

"예술의 분석은 우리가 '교양'으로부터 받는 불감증의 대가로 지불해야 하는 무거운 세금이다."

"어지간히 빈정거리네"

다른 학생이 말했다.

"그리고 허무주의자이기도 해요. 들어 보세요."

그 학생이 소리 내어 읽었다.

"타고난 재능에 주의할 것. 이것은 기묘한 말이다. 인간은 그 어떤 것도 만들지 못한다. 당신은 그 사실을 잘 알고 있다."

몇몇 학생이 한숨을 내쉬었다.

"그렇게 흥미 위주로만 보면, 니콜라스의 본모습을 제대로 파악할 수 없고 내면에 다가갈 수도 없어요. 니콜라스는 더 이상 초상화를 그리지 않게 되었을 때, 자신에게 물었어요. '무엇을 그린 것일까? 살아 있는 시체인가, 죽은 생물인가?'

28

라고. 또 대상을 그저 모방하듯 그리는 일이 고통스러워졌을 때는 이렇게 말했죠. '한 대상만을 생각하는 것은 절대 불가능하다. 수많은 대상이 동시에 존재하기 때문에 한 대상만을 파악할 수 있는 가능성이 사라져 버리는 것이다. 그 후 나는 자유로운 표현에 도달하기를 갈구했다'라고. 그가 추상화로 돌아섰을 때 한 말이에요. 끊임없이 파괴하여 그 너머에 있는 것을 그리는, 그의 말을 빌리자면 자신이 받은 충격의 무수히 많은 진동을 그대로 그린다는 점에서 니콜라스를 긍정적으로 보았으면 좋겠어요."

한 학생이 손을 들었다.

"말해 봐요"

미네코가 말했다.

"선생님 말씀은 잘 알겠는데, 니콜라스는 자살했어요. 뉴욕에서 열린 개인전 카탈로그에 적힌 그의 글을 한번 보세요."

그 학생은 한 손에 들고 있던 복사물을 다른 손에 옮겨 쥐고는 읽기 시작했다.

"나는 평생 그림을 생각하고, 그림을 보고, 그림을 그릴 수밖에 없었다. 살기 위해, 모든 인상과 모든 감각으로부터 해방되기 위해, 그리고 그림을 통해서 출구를 찾을 수밖에 없다는 이 불안감에서 벗어나기 위해."

복사물을 내려놓고 학생이 말을 이었다.

"니콜라스는 이렇게 말해 놓고 왜 자살했을까요? 니콜라스에게 그림은 결국 구원이 되지 못한 건가요? 그렇다면 차라리 그림 따윈 안 그리는 게 좋지 않았을까요?"

"그건 너무 심한 말 아닐까?"

미네코는 그 의견에 찬성하지 않았다.

부엌에서 뭔가를 튀기는 소리가 났다.

미네코의 집에서 한 달에 한 번 열리는 토론회가 끝나면 뒤풀이가 있다.

뒤풀이 준비는 구니오가 자진해서 맡았다. 오늘은 구니오가 생기 넘치는 날이다.

"니콜라스는 구원을 위해 그림을 그린 게 아니니까, 구원받지 못했다고 해서 그림을 그린 의미까지 부정할 수는 없다고 봐요. 니콜라스는 갑자기 자살을 했어요. 개인전을 줄줄이 앞두고 말이에요. 각종 해설에도 나와 있듯이, 니콜라스는 신경이 극도로 쇠약해져 있었던 것 같아요. 성장 과정이나 아내의 죽음 등 원인은 여러 가지가 있겠지만."

뭔가를 볶는 듯, 탁탁탁 기름 튀는 소리가 부엌에서 들려왔다.

"가스리, 오늘은 좀 지루하지?"

학생 가운데 하나인 니시자와 기쿠코가 가스리에게 물었다.

가스리는 고개를 저었다.

대개는 가스리도 토론에 참가한다.

가끔은 학생들이 의견을 묻기도 하는데, 가스리가 자기 생각을 말하면 학생들은 정확하다거나 정곡을 찔렀다거나 하며 이런저런 말을 해 준다.

"재미있는 부분이 있었어?"

가스리는 그 말에 대답하지 않고 종이에 뭔가를 적어서 기쿠코에게 건넸다.

'아는 척하는 애호가는 예술 최대의 적이다. -니콜라스 드 스탈'

"어머나."

기쿠코가 깜짝 놀라 가스리를 보았다.

가스리는 시침을 뚝 떼고 앞을 보고 있었다.

"가스리, 괜찮아?"

"괜찮아."

기쿠코가 가스리의 방으로 들어왔다.

학생들이 빚어내는 왁자한 공기가 방 안까지 끼쳐 왔다.

"가스리랑 같은 중학교 3학년이니까 생각하는 것도 좀 비슷하지 않을까 해서."

"그 애랑 나는 아마 좀 다를 거야."

"그래, 그렇겠지. 가스리 같으면 이럴 때 어떻게 할지 궁금하기도 하고."

"언니는 그 애 가정교사랬지?"

"응. 초등학교 5학년 때부터니까 올해로 5년째야."

"그 애가 마음의 문을 열고 대하는 유일한 친구가 언니?"

"응, 그런 것 같아."

"하지만, 그건 너무 무거운 짐 아냐? 난 이기적이라서 그런 거 싫어."

"나도 가끔은 그런 생각이 들 때가 있지만, 이제 와서 도망칠 수는 없어. 엣짱이 안됐기도 하고. 참, 그 애 엣짱이라고 해. 괴로워하는 엣짱을 보면 꼭 나를 보는 것 같거든. 난 그게 힘들어."

가스리는 가만히 한숨을 내쉬었다.

"언니는 진지한 사람이구나."

"그렇게 보여?"

"하긴 진지한 것에도 여러 종류가 있으니까"

가스리는 어른스레 말했다.

"가스리는 참 냉정한 것 같아."

이번에는 가스리가 "그렇게 보여?" 하고 물었다.

"엣짱은 벌써 두 달째 학교에 안 갔어."

"한 번도?"

"응, 한 번도."

"그전엔 어땠는데?"

"중학교 2학년 초까지는 우등생이었어. 2학기에 성적이 조금 떨어졌지만, 엣짱과 내가 함께 노력해서 곧바로 다시 올렸지. 그런데 그때 엣짱의 담임선생님이 쓸데없는 말을 한 거야."

"…."

"너는 2학년 3반의 희망이니까 열심히 하라고."

"아무튼 선생들 아니면 누가 그런 말을 하겠어?"

"가스리는 냉정한 아이니까 선생님이 그런 말을 한다고 상처 입지는 않겠지만….”

“알고 보면 나도 되게 상처 잘 받아.”

“아, 미안해.”

“아냐, 괜찮아.”

기쿠코 언니는 너무 진지해서 탈이라며 가스리가 싱긋 웃었다.

“엣짱이 학교 공부 따윈 시시하단 말을 한 건, 그런 일이 있고 난 뒤야. 처음엔 하루 이틀씩 결석을 하더니 어느새 1주일, 2주일로 길어졌지.”

“언니, 욕먹었겠구나?”

“응. 잘 아네.”

“그 정도는 알아.”

“학교가 싫어진 데는 나름대로 이유가 있을 테니까, 엣짱의 마음을 먼저 헤아려 달라고 말씀드렸지만….”

“그건 무리야.”

가스리가 차갑게 말했다.

“맞아. 부모님이나 선생님이 애쓰는 건 괜찮지만, 무조건 학교에 보내려고만 하니까 엣짱은 껍데기 속에 웅크린 달팽이가 되어 버렸어. 지금은 상태가 굉장히 안 좋아. 방에서 한 발짝도 나오려고 하지 않아. 부모님이 억지로 들어가려고 하면 죽어 버리겠다고 울부짖는걸. 식사도 방 안에다 살짝 넣어 줘야 할 정도니, 거의 병인 거지.”

“기쿠코 언니만 그 방에 들어갈 수 있는 거야?”

“응. 그래서 내가 굉장히 난처해. 사실 엣짱의 부모님은 나랑 엣짱을 떼어 놓고 싶으신 것 같아. 내가 엣짱의 응석을 받아 주고 있다고 생각해서. 그렇다고 지금 당장 떼어 놓으면 엣짱의 상태가 더 나빠질지도 모르니까 섣불리 어쩌지 못하는 것 같아. 내 쪽에서 먼저 그만두겠다고 말해 줬으면 하는 눈치가 역력해. 너라면 이럴 때 어떡하겠어?”

　가스리는 딱 잘라 말했다.

　“나 같으면 절대 그만두지 않아.”

　“솔직히 말하면, 나도 그래.”

　“난 병적인 건 좋아하지 않으니까 별로 엣짱한테 동정이 가지 않지만, 내가 엣짱이라면 틀림없이 부모를 공격했을 거야.”

　“반항이 아니라 공격이라고?”

　“응, 공격.”

　가스리는 잠깐 생각하고는 기쿠코에게 물었다.

　“엣짱 부모님은 사회적으로 지위가 꽤 높은 사람들이지?”

　“응, 아빠가 큰 회사의 부장님이니까.”

　“아이를 물질적으로나 금전적으로 고생시킨 적은 없고?”

　“당연하지.”

　“아주 상식적인 사람들이겠지?”

　“물론이야.”

　“이혼은 절대 하지 않을 사람들?”

　“아마도.”

　가스리와 기쿠코는 얼굴을 마주 보고 후후후 웃었다.

"보통 사람들은 그걸 행복이라고 말하겠지."

"그렇겠지."

"언니도 그런 행복을 택할 거야? 대답해 봐."

"편한 건 좋지만, 평범한 건 싫어."

"엥? 그게 무슨 말?"

가스리는 익살스레 뒤로 벌렁 자빠지는 시늉을 했다.

"야생동물들은 아주 어릴 때는 어미가 젖을 먹이지만 젖을 뗀 뒤에는 어미와 새끼가 동등하게 살아가잖아? 어미가 옆에서 참견하거나 대신해 주지 않으니까 새끼도 빨리 자립할 수 있어. 인간과 야생동물은 다르니까 일률적으로 말할 수는 없겠지만, 우리의 부모 자식 사이는 그렇지 않아. 부모는 툭하면 자식의 행복을 바라기 때문이라고 말하는데, 그건 부모의 가치관을 강요하는 것일 뿐이야. 사실은 자식의 삶을 가로채고 있는 거라고."

"그렇다고 볼 수 있지."

기쿠코가 말했다.

"그러니까 자신이 자립하기 위해 부모나 교사를 공격하는 건 당연해. 엣짱도 지금 그렇게 하고 있는 거라고 생각해."

"좀 과격하긴 해도 가스리 눈이 정확한 것 같아."

"우리 엄마가 언니의 선생님이니까 이상한 말은 별로 하고 싶지 않지만, 우리 엄마네 집은 엣짱네 집보다 조금 더 부잣집이었다고 보면 돼. 엄마는 그런 집안의 우등생이었어. 아빠 경우는, 아빠가 어릴 때 외할머니가 몇 번씩이나 가출을 해서 굉장히 힘들었나 봐. 아빠는 판화가고, 엄마는 미대 강사잖아. 그게 인연이 되어 결혼했지만, 결국 삐걱거리다 이혼하고 말았어. 내가 볼 땐 그럭저럭 괜찮은 짝인데 말이야. 부모가 이혼하면 자녀가 불행해진다고 말하는 사람들이 많지만, 내 생각은 달라."

가스리가 별안간 목소리를 낮추고 물었다.

"엄마랑 구니오 아저씨, 어떻게 생각해?"

"글쎄, 금실 좋은 부부로 보이는데."

"내가 볼 땐 뭔가 부족해. 만약에 내가 둘 사이에 태어난 자식이고, 두 사람이 학교 성적만 갖고 나를 들들 볶았다면 난 틀림없이 엇나갔을 거야. 우리 아빠랑 엄만 서로 삐걱거리긴 했지만 둘 다 솔직한 사람이거든."

기쿠코가 감탄한 듯 말했다.

"정말 대단해, 가스리는."

"그렇지도 않아. 나, 엄마한텐 되게 까다롭게 굴어. 얼마나 심술궂다고."

그런 말을 하는 가스리의 얼굴은 더없이 어린애다웠다.

가스리가 아키코를 만난 것은 세 번째로 사내의 집을 찾아간 날이었다.

먼저 와 있던 아키코에게 가스리가 대뜸 물었다.

"아빠 애인이에요?"

아키코는 난처한 얼굴로 사내를 올려다보았다.

"아키코라고 한다."

사내가 말했다.

"아빠 애인이에요?"

가스리가 다시 묻고는 "아빠. 이런 거, 실례 아니지?" 하고 사내에게 물었다.

"너, 의외로 둔하구나."

사내는 부드럽게 웃으며 말을 이었다.

"설사 실례는 아니라 해도, 여자로서 그런 질문에 대뜸 '그래, 애인이야'라고 대답하는 건, 그것도 어린애인 너한테 말하는 건 아무래도 좀 거북하겠지?"

가스리가 말했다.

"뭐야, 이거? 그러니까 결국 애인이란 말이네? 진작 그렇게 말하면 좋았잖아."

아키코는 난처한 듯 웃고는 가볍게 고개를 숙였다.

"아키코라고 해. 잘 부탁해."

"가스리예요. 혹이 딸리긴 했지만 아빠한테 잘해 주세요. 혹이 이렇게 부탁드려요."

가스리는 장난스레 허리를 푹 숙여 인사했다.

"아주 짓궂은 애니까 조심하는 게 좋을 거야."

사내 역시 웃는 얼굴로 아키코에게 말했다.

"아빠, 정말 이러기야? 나, 아빠 애인한테는 심술 안 부리겠다고 바로 며칠 전에 약속했잖아."

"약속은 약속일 뿐이지. 여자는 늘 약속을 어기거든."

가스리가 사내의 옆구리를 주먹으로 쳤다.

"아빠 바보. 그렇게 따지자면 남자야말로 만날 약속을 어겨. 남자는 도통 책임감이 없으니까."

"인마, 연애해 본 적도 없으면서 그걸 어떻게 알아?"

"연애 비슷한 건 해 봤어."

"오호?"

사내가 관심을 보였다.

"엉큼하고 저질이야. 또 어찌나 지저분한지 꼭 떠돌이 개 같아."

"그게 네 남성관이냐?"

"응. 하지만 이건 내 또래의 남자애들 얘기야. 내가 만약에 진짜 연애를 한다면 훨씬 나이 많은 남자랑 할 거야."

사내가 아키코에게 말했다.

"우리 애가 이래. 귀여운 구석이라곤 없지."

아키코는 고개를 저었다.

"저는 좋은데요?"

아키코가 가스리한테 웃어 보이며 대답했다.

"아빠 눈치코치도 없고 고리타분하니까, 같이 있어 봤자 하나도 재미없어요. 데이트할 땐 나를 끼워 주는 게 아마 훨씬 더 재미있을걸요?"

"알았어, 가스리."

둘은 얼굴을 마주 보고 쿡쿡 웃었다.

가스리는 신이 나서 말했다.

"와, 아빠 애인 빼앗았다."

자기 딸이지만 이런 사교성에 사내는 혀를 내두르곤 한다. 그러면서도 취향은 제법 까다로워서 자기하고 맞지 않는 사람은 교묘하게 피한다.

일단은 서로 합격점을 얻은 셈이다. 사내는 한시름 놓았다.

사내가 쾌활하게 말했다.

"자, 분위기도 좋고 하니, 이쯤에서 식사를 할까?"

근처 전통 음식점에서 복요리와 청주로 식사를 마치고 다시 집으로 돌아온 것은 9시가 지나서였다.

한껏 흥이 난 가스리가 말했다.

"아키코 씨, 자고 갈 거죠?"

"…."

"괜찮다면 그렇게 해. 가스리 눈치 볼 건 없어."

"맞아요."

가스리의 목소리는 밝았다.

하지만 아키코는 역시 머뭇거렸다.

사내가 나름대로 눈치 있게 말했다.

"가스리, 아키코 씨하고 같이 잘래?"

"어유, 답답하긴."

가스리가 말했다. 그러고는 아키코의 옆구리를 쿡쿡 찌르며 덧붙였다.

"아빠랑 자요, 응?"

"인마, 가스리."

사내는 적잖이 당황해했다.

얼굴이 붉어진 아키코에게 사내가 말했다.

"이런 말을 태연하게 하는 녀석이야. 대신 사과할게. 놀랐지?"

아키코는 장난스런 눈빛으로 가스리를 살짝 흘겨보았다.

사내가 겸연쩍은 듯이 말했다.

"아무래도 내가 잘못 키운 것 같아."

"엄마가 잘못 키운 게 아니고?"

가스리는 대놓고 사내를 놀려 댔다.

"녀석, 말하는 것하곤. 아무튼 당해 낼 수가 없다니까."

사내가 일어서서 방 안을 서성댔다.

"뭐 해, 아빠?"

"응?"

"아빠, 이상해."

사내가 선 채로 말했다.

"아키코는 저 방에서, 가스리는 아빠 방에서, 아빠는 작업실에서 자도록 하자. 아니면 가스리는 아빠랑 같이 잘래?"

"아빠랑 같이 잘 나이는 벌써 지나지 않았어?"

가스리는 일부러 차갑게 대꾸하고는 "안 그래요?" 하고 아키코의 동의를 구했다.

"사이가 정말 좋아 보여요. 부러워."

아키코는 그 말에 직접 대답하지 않고 한숨을 포옥 내쉬며 말했다.

"아빠는 이혼하고 외톨이니까 내가 상냥하게 대해 주는 거예요. 그렇지, 아빠?"

"가스리는 엄마하고 같이 살고 있다며? 그쪽 가정도 화목하다고 들었는데."

"그래요? 난 위선자예요."

가스리가 새침하게 말했다.

"위선자라니?"

아키코는 가스리가 다소 버거운 눈치였다.

"그 녀석 상대는 그만하고, 가볍게 한잔 어때?"

"아빠, 나도 마셔도 돼?"

"이 녀석, 뭘 마실 셈인지는 모르겠다만, 또 무슨 말을 하려고? 아빠는 더 이상 체면 깎이기 싫다. 내 딸이지만 아주 무서워."

"뭐 어때? 체면이 깎여도 아빤 아빤걸. 누가 뭐래도 아빠는 아빠라서 좋아. 누구하고는 다르니까."

"가스리."

사내는 눈짓으로 가스리의 말을 막았다.

사내는 위스키와 소주를 꺼내 술상을 차리기 시작했다.

사내는 뭔가 답답한 느낌 때문에 눈을 떴다. 어딘가에서 울음소리가 나는 것 같았다.

사내는 온 신경을 집중해서 자기 몸에서 일어나는 어떤 변화를 알아내려고 애썼다.

고개를 돌려 창밖을 보았다. 밖은 아직 어슴푸레했다.

사내는 아키코나 가스리가 일어나기에는 너무 이른 시간 이라고 생각했다.

사내는 눈을 붙이려고 했다.

신경이 바늘 끝처럼 날카로웠다.

왜 그럴까 생각하다가 사내는 어떤 불길한 예감 때문이라 는 것을 분명히 깨달았다.

사내는 딸이 자고 있는 방으로 달려갔다.

"가스리."

소리 죽여 딸의 이름을 불렀다.

어렴풋하긴 하지만 분명히 가느다란 울음소리가 들렸다.

"가스리, 무슨 일이야?"

사내는 초조한 손놀림으로 문을 열었다.

이불 위에 앉아 있는 가스리는 가늘게 떨고 있었고 낯빛이 거의 백지장 같았다.

"무슨 일이야, 가스리!"

가스리를 안으려다가 사내는 알았다.

가스리 주위의 이불이 흥건히 젖어 있었다.

순간, 사내는 그것이 무엇을 뜻하는지 알지 못했다.

희미한 냄새를 맡고서야 딸이, 그것도 중학교 3학년짜리 딸이 오줌을 싼 사실을 깨달았다.

딸은 어릴 때부터 한 번도 이런 실수를 한 적이 없었다.

'왜 이제 와서?' 하고 생각하다 사내는 가슴이 철렁했다.

간밤의 술자리는 새벽 1시 무렵까지 이어졌다.

가스리는 10시 반쯤까지 기분 좋게 술자리에 같이 있다가 먼저 잠들었다. 아니 사내가 먼저 가스리를 재웠다.

가스리가 자는 데 방해가 되면 안 되겠다 싶어서, 사내는 가스리의 방과 떨어진 작업실로 자리를 옮겨 술을 계속 마셨다.

이야기를 나눌 때도 되도록 소리를 낮췄다.

사내는 생각이 모자랐던 자신의 행동을 후회했다.

한창 사춘기인 딸에게 지난밤 자신의 작업실이 어떤 방으로 그려졌을지 너무나 잘 알 수 있었다.

게다가 화장실은 작업실 바로 앞에 있었다.

자신의 경솔한 행동이 딸에게 돌이킬 수 없는 상처를 입혔다는 사실에 사내는 정신이 아득해졌다.

가스리의 몸은 싸늘히 식어 있었다.

사내는 비틀거리는 가스리를 오른팔로 감싸안은 채 욕실로 데려갔다.

더운물을 틀고, 옷을 입은 채로 샤워기 밑에 섰다.

둘은 이내 흠뻑 젖었다.

이번에는 사내가 가늘게 몸을 떨었다.

'어?' 하고 가스리는 생각했다.

소방차 밑으로 하얀 고양이가 달려갔다.

'차푸 같은데.'

가스리는 고양이가 달아난 쪽으로 뛰어갔다.

"차푸! 차푸!"

큰 소리로 불렀다. 소방서 맞은편에는 생선 가게가 있었다. 가스리는 그쪽으로 방향을 바꾸었다.

"차푸! 차푸!"

빈 터에는 생선 상자가 쌓여 있었다.

"차푸! 차푸!"

뭔가 하얀 것이 휙 지나갔다.

생선 상자 두세 개가 소리를 내며 떨어졌다.

"차푸!"

하얀 고양이가 천천히 멈춰 섰다. 고양이는 고개만 가스리 쪽으로 돌렸다.

"차푸 맞구나! 차푸, 왜 그래? 나야, 나. 차푸, 차푸."

가스리는 고양이가 겁먹지 않도록 그 자리에 쭈그리고 앉았다. 그리고 살며시 손을 내밀었다.

"차푸, 이리 와. 나, 가스리야."

차푸가 가스리를 빤히 보았다. 너무나도 낯선 눈빛이었다.

새끼 때부터 가스리의 무릎 위에서 응석을 부리며 한없는 신뢰를 보여 주던 눈빛은 어디에도 없었다.

"차푸, 어떻게 된 거야? 나야, 가스리라니까. 어서 이리 와."

가스리가 두 팔을 활짝 벌리고 재촉하듯 고양이를 불렀다.

차푸는 차가운 눈빛으로 흘낏 돌아보고는 바람처럼 휙 달려가 사라졌다.

가스리는 믿을 수가 없어서 그 자리에 우두커니 서 있었다.

"차푸."

가스리는 고양이 이름을 조그맣게 되뇌었다.

"차푸, 너무해."

가스리가 중얼거렸다. 눈시울이 조금 붉어졌다.

"거기 학생, 비켜요, 비켜."

수레에 생선 상자를 싣고 온 생선 가게의 젊은 일꾼이 활기차게 말했다.

가스리는 걷기 시작했다.

남쪽으로 조금만 가면 제방이었다.

여느 때처럼 유조선이 바다를 느릿느릿 지나가고 있었다. 바닷가 초등학교의 운동장에서는 꼬마들이 열심히 축구를 하고 있었다.

가스리는 제방 위에 놓여 있는 낚시꾼들의 낚싯대를 넘어가며 멍하니 걸었다.

눈앞에 커다란 아파트가 보였다.

가스리는 멍한 눈길로 그 아파트를 올려다보았다.

그 바닷가 아파트에서 가스리는 고양이와 1년 남짓 함께 살았다.

가스리는 엘리베이터를 타고 8층 버튼을 눌렀다.

열쇠를 갖고 있었지만 문 앞에서 초인종을 눌렀다.

오늘 미네코는 강의가 없는 날이니까 집에 있을 터였다.

두 번, 세 번 초인종을 눌렀지만 미네코는 나오지 않았다.

장이라도 보러 갔나, 생각하면서 가스리는 열쇠로 문을 열고 안으로 들어갔다.

자기 방에 가방을 놓고 거실로 갔다.

"아이, 깜짝 놀랐잖아. 엄마, 집에 있었어?"

가스리가 따지듯이 큰 소리로 말했다.

미네코는 고개도 돌리지 않은 채 가만히 앉아 있었다.

"왜 그래, 엄마? 어디 아파?"

가스리는 미네코에게 다가가 얼굴을 들여다보려고 했다. 그러자 미네코는 가스리를 뿌리치듯 벌떡 일어나 "아무것도 아냐" 하고 조금 잠긴 목소리로 말하고는 욕실로 갔다.

물을 틀어 요란하게 얼굴을 씻는 소리가 들렸다.

가스리는 긴장한 채 창 너머 바다를 물끄러미 바라보았다.

미네코가 말했다.

"장 좀 보러 갔다 올게."

가스리가 고개를 돌려 미네코를 똑바로 바라보았다.

"엄마, 무슨 일이야?"

미네코는 묵묵히 장바구니를 들고 현관 쪽으로 갔다.

"…"

문을 나서기 전, 미네코가 등을 보인 채 툭 내뱉었다.

"구니오 씨, 다시는 돌아오지 않을 거야."

"왜?" 하는 가스리의 목소리를 뒤로하고 미네코는 문을 닫았다.

가스리는 한동안 움직이지 않았다. 미네코가 돌아올 때까지 아주 오랜 시간이 흐른 것처럼 느껴졌다.

미네코가 돌아오자 가스리는 마음이 놓였다.

가스리는 도울 것이 없느냐고 물으려다, 왠지 지금은 엄마를 가만히 내버려두는 게 더 나을 것 같아 그만두었다.

가스리는 텔레비전을 켰다. 여대생과 개그맨이 깔깔거리고 있었다. 뭔가 재미있는 얘기라도 하고 있었던 걸까?

가스리는 소리를 조금 줄였다.

텔레비전을 보고는 있었지만 건성이었다.

가끔씩 미네코를 흘깃거렸다.

"엄마."

가스리의 목소리는 미네코에게 가닿지 못했다.

"엄마!"

가스리가 큰 소리로 말했다.

"왜?"

미네코가 돌아보지도 않은 채 대답했다.

"차푸 있잖아."

"차푸?"

"차푸가 말이야."

"차푸 봤니?"

순간 가스리는 생각을 바꿨다.

"아니, 차푸랑 닮은 고양이를 봤다고."

가스리가 일어서서 등나무 칸막이 너머로 말했다.

"구니오 아저씨랑 요트 보러 가기로 약속했는데…. 그럼 아저씨가 약속을 깨트린 거야?"

"…."

"그런 거야, 엄마?"

미네코가 짤막하게 대꾸했다.

"그렇겠지."

"엄마, 도대체 어떻게 된 거야? 엄마랑 구니오 아저씨는 사이가 좋았잖아. 난 둘이 싸우는 거, 한 번도 본 적 없어. 헤어지자는 얘기는 언제 나온 거야?"

미네코는 고개를 저었다.

"그럼, 왜?"

"나도 잘 몰라."

"모르다니."

"쪽지만 남겨 놓고 가 버렸어. 나쁜 사람."

미네코는 북받치는 감정을 가까스로 억누르고 있는 듯했다.

가스리는 구니오가 다시는 돌아오지 않을 거라고 냉정하게 생각했다.

이튿날 미네코는 학교에 갈 시간이 되었는데도 외출 준비를 하지 않았다.

가스리가 물었다.

"내가 전화해서 오늘 강의 쉰다고 할까?"

미네코가 날카로운 목소리로 말했다.

"쓸데없는 짓 하지 마."

미네코가 간밤에 통 잠을 못 이룬 사실을 가스리는 잘 알고 있었다.

"너, 빨리 학교 가."

가스리는 대답하지 않았다. 학교 갈 시간이 되어도 채비를 하지 않았다.

"계속 이러고 있을 거야?"

"나도 오늘 학교 안 갈래."

"무슨 소리야? 너하곤 상관없잖아."

"시비 좀 걸지 마."

가스리가 발끈 화를 냈다.

"왜 상관이 없다는 거야? 나도 걱정돼서 이러는 거잖아."

"너, 아빠한테 가."

감정을 억누르며 미네코가 말했다.

"너까지 이번 일에 휘말리는 건 좋지 않아. 나도 그 정도 판단력은 있어."

"그러니까 엄마는 이기적이라는 거야. 엄마만 두고 나 혼자 어떻게 아빠한테 가?"

"네가 옆에 있으면 더 절망스러워."

"물론 엄마 마음은 이해해. 엄마가 자포자기한 사람처럼 말하는 걸 보면 나도 괴롭다고."

미네코는 더 이상 가스리와 말다툼할 기분이 아닌 듯했다.

오전 내내 미네코는 미네코의 방에 틀어박혀 있었고, 가스리는 가스리의 방에서 한 발짝도 나오지 않았다.

정오 무렵, 가스리는 미네코가 전화 거는 소리를 들었다.

"광고 디자인 사무실이죠?" 하는 미네코의 목소리를 들으며 가스리는 미네코의 기분을 살폈다.

그 사무실에서 구니오가 카피라이터로 일하고 있었다.

"가스리, 좀 나갔다 올게."

"응."

물론 가스리는 아무 말도 하지 않았다.

"늦어도 저녁때까지는 돌아올 거야."

"응."

가스리는 미네코를 배웅했다.

3시쯤에 가스리는 장을 봐서 집으로 돌아와 요리를 시작했다.

양파를 잘게 썰어 물에 씻고, 호두와 아몬드와 땅콩을 잘게 부쉈다. 파드득나물은 적당한 크기로 썰었다.

가스리는 꼭 짜서 물기를 없앤 양파를 큰 접시 위에 편편하게 깔아 놓고 그 위로 저민 도미 살을 얇게 얹었다. 호두와 땅콩과 아몬드와 파드득나물을 도미 위에 골고루 뿌렸다. 술, 간장, 조미료 등으로 양념을 만들어 그 옆에 두었다. 먹기 전에 끼얹을 생각이었다.

가스리가 사내에게 배운 요리로, 미네코가 좋아하는 음식이었다. 두어 가지 반찬을 더 만들고 나서, 가스리는 미네코를 기다렸다.

미네코는 5시가 지나서 돌아왔다. 얼굴이 몹시 까칠하고 야위어 보였다.

"저녁 먹을래, 엄마? 내가 다 차려 놨어."

가스리는 애써 쾌활한 척했다.

미네코는 귀찮은 듯 고개를 저었다.

"안 먹어? 왜?"

"가스리, 이불 좀 펴 줄래?"

가스리는 갔던 일은 어떻게 됐느냐고 묻지 못했다.

묵묵히 이부자리를 펴 주었다. 미네코는 물 두 잔을 거푸 마시고 쓰러지듯 자리에 누웠다. 미네코의 모습이 모든 것을 말해 주고 있어서, 가스리는 아무것도 물을 수가 없었다.

가스리는 식탁 위의 음식들을 멍하니 보았다. 이내 그것들이 흐릿해져 보이고, 가스리의 눈에서 눈물이 뚝뚝 떨어졌다.

간밤에 잠을 설친 탓인지, 어느새 가스리는 깜빡 잠이 들었다.

퍼뜩 정신을 차리니, 미네코의 방에 불이 켜져 있는지 문틈으로 빛이 새어 나왔다.

"엄마, 안 자? 들어가도 돼?"

대답이 없다.

가스리가 문을 열었다.

"엄마."

미네코가 멍한 눈으로 이불 위에 앉아 있었다. 오른손에 위스키 병을 쥐고 몸을 건들거리고 있었다.

"얼마나 마신 거야, 엄마! 정신 좀 차려."

가스리는 술병을 억지로 빼앗고는 미네코의 어깨를 붙잡고 거칠게 흔들었다.

미네코는 성가시다는 듯 가스리의 손을 뿌리쳤다.

"너, 아빠한테 가. 날 경멸하고 있지? 뻔해. 나, 다 알아."

혀가 완전히 꼬여 있었다.

"부탁이야, 오늘은 그냥 자."

가스리는 미네코를 어떻게든 자리에 뉘려고 했다.

"너, …경멸하…지? 나, 경멸하고 있지? 남자한테… 버림받은 나를… 경멸하지…."

가스리가 울먹이며 말했다.

"엄마, 그런 말 하지 마. 제발, 그러지 마."

"경멸하지…. 말해 봐, 경멸하지…."

갑자기 미네코가 왈칵 먹은 것을 게워 냈다.

오물이 사방으로 튀고 메스꺼운 냄새가 코를 찔렀다.

미네코는 두 손으로 오물을 그러모으고는 거기에 얼굴을 처박고 울부짖었다.

"엄마! 엄마—!"

가스리는 오물로 범벅이 된 미네코를 끌어안고 목 놓아 울었다.

해 질 녘, 가스리는 사내와 공원을 걷고 있었다.

사내가 어렵게 말을 꺼냈다.

"엄마는 좀 괜찮아졌니? 너한테 이런 걸 묻는 것조차 가슴이 아프구나."

"조금은."

가스리의 표정은 꽤 밝았다.

"이제 학교에는 나가고?"

"엄마? 아니면 나?"

"물론 엄마지."

"엄마는 벌써 나가고 있어."

"엄마는? 그럼, 너는 아직도 학교를 쉬고 있단 말이야?"

"에이, 설마."

"그럼 그렇지."

사내는 마음이 놓였다.

"아빠."

"음?"

"나, 차푸를 봤어."

"그래?"

가스리는 차푸와 있었던 일을 사내에게 자세히 얘기했다.

"생각해 보니까."

"…."

"나, 그런 눈으로 엄마를 본 적이 있는 것 같아."

"흠."

"견디기 힘들 거야, 그런 눈빛."

사내는 안타까운 얼굴로 그리고 얼마간 고통스러운 얼굴로 딸을 바라보았다.

"아빠. 아키코 씨하고는 잘돼 가?"

"음."

"아빠. 아키코 씨는 아주 좋은 사람 같아."

"고맙다. 하지만 그러지 않아도 괜찮아. 네가 마음 써 주는 게, 아빠는 괴롭구나."

"그런가?" 하고 가스리는 나직이 중얼거렸다. 그러고는 어리광을 부리듯이 사내의 팔을 잡고 바싹 몸을 붙이며 말했다.

"아빠, 너무 기분 나쁘게 듣지 마. 나, 이번 일로 이것저것 많이 생각했어."

"예를 들면?"

"예를 들면…."

가스리는 장난스레 웃으며 말했다.

"잘난 아빠도 미울 때가 있고…."

"호오?"

"못난 엄마도 사랑할 수 있다는 거."

사내는 "흠" 하고 탄식의 소리를 내뱉었다.

"너, 굉장한 말을 하는구나."

사내는 감탄했다.

"정말로 아빠 딸 맞아?"

"아빠도 참, 무슨 말이 그래?"

가스리는 사내의 허리를 꼭 감싸 안았다.

"아빠."

"왜?"

"내가 아빠 집에서 오줌 싼 거, 엄마한테 아직 말 안 했어?"

"굳이 그런 얘기를 할 거 뭐 있어."

"아빠, 비밀 지킨다고 약속해."

"알았어. 네 결혼식 날까지는 입 꾹 닫고 있으마."

가스리가 큰 소리로 말했다.

"아빠, 미워."

산책하던 노부부가 둘을 보고 흐뭇하게 웃었다.

"만약에 그때 오줌을 싸지 않았다면…."

"그랬다면?"

"엄마를 이해하지 못했을지도 몰라."

사내는 딸의 어깨를 감싸고 따뜻하게 끌어안았다.

2

"엄마 친구가 히말라야고양이를 한 마리 키워 보지 않겠느냐고 하는데."

미네코가 이제 고등학교 1학년이 된 가스리의 등 뒤에서 슬며시 말을 꺼냈다.

가스리는 오랜 가출 끝에 돌아온 고양이 차푸한테 줄 통조림을 묵묵히 따고 있었다.

"언뜻 보니까 히말라얀은 꼭 너구리 같더라."

가스리는 여전히 대꾸가 없었다.

통조림에 든 먹이를 접시에 담자, 고양이가 알랑거리듯 야옹 하고 울었다.

가스리가 혀를 찼다.

"쳇, 친한 척하지 마. 배고파서 그러는 거지?"

가스리는 쌀쌀맞게 말하고는 접시를 고양이 앞에 놓았다.

"왜 고양이한테 트집이니? 너, 요즘 기분이 안 좋은 것 같은데, 무슨 일 있어?"

"어유, 귀찮아."

가스리가 조그맣게 중얼거렸다. 이내 미네코가 뭐가 귀찮으냐고 되물었다.

"이런 말, 하기도 싫지만⋯."

그제야 가스리가 미네코 쪽으로 고개를 돌렸다.

"살다 보면 이런 일도 있고 저런 일도 있을 수 있잖아. 그런데 평소랑 조금 다른 걸 가지고 '왜 그래? 무슨 일이야?' 하고 꼬치꼬치 캐물으면, 엄만 좋겠어?"

"좋은지 어쩐지는 모르겠지만, 이런 게 부모 자식 사이 아니니?"

"난 그게 싫다고."

가스리가 쏘아붙였다.

"엄마는 알고 보면 되게 모순덩어리야. 부모 자식은 평등하다는 둥 부모한테는 부모의 인생이 있고 자식한테는 자식의 인생이 있다는 둥, 말은 멋있게 하면서 실제로는 전혀 딴판인 때가 많아. 엄만 그거 모르지?"

"아유, 피곤해."

이번에는 미네코가 중얼거렸다.

"난 엄마가 초조해 보이거나 우울해 보일 때, 가만히 지켜보는 게 좋을지 말을 건네는 게 좋을지 나름대로 꽤 신경 쓴다고. 엄마는 얼마나 무신경한지 알아? 제발 좀 그냥 됐으면 싶은데 꼭 이것저것 시시콜콜 캐묻는단 말이야. 어디 그뿐이야? 그럴 때는 부모가 자식 걱정하는 게 뭐가 나쁘냐고 억지를 부린다니까."

미네코가 대꾸했다.

"충고 고맙구나."

"히말라얀 기르는 데 반대할 마음은 없지만, 한 가지 걸리는 게 있어. 엄마는 차푸를 그저 예뻐하기만 하지? 물론 그게 뭐가 나쁘냐고 물으면 딱히 할 말은 없지만, 고양이도 자기 삶이 있을 거 아냐? 적어도 엄마한테 귀염받는 것만이 차푸의 삶은 아니라는 건 분명하다고 봐. 지난번에 차푸가 애인을 찾으러 집을 나갔잖아. 나, 그때 굉장히 상처받았지만, 딱 하나 스스로 다짐한 게 있어. '어떤 생명이든 저마다의 삶이 있다는 것을 잊지 말자.' 엄마는 내가 차푸한테 쌀쌀맞게 군다고 자꾸 뭐라고 하지만, 사실은 그게 아냐. 자신의 소유물처럼 귀여워하지는 말자고 생각한 것뿐이야. 차푸가 나한테 알랑거리면 그러지 말라고 하는 것뿐이라고. 안 그러면 우리 사이는 평등하지 않으니까."

미네코는 가스리를 원망스레 바라보며 말했다.

"잘났어, 정말. 이런 말 들으면 기분 나쁘겠지만, 넌 정말 나 어렸을 때랑 꼭 닮았어."

가스리는 부루퉁한 얼굴로 말했다.

"정말 기분 되게 나쁘네."

그러고는 심술궂게 덧붙였다.

"저렇게 부모 입장만 내세우고 싶을까? 아무튼 못 말리는 독재자라니까."

미네코는 애써 여유를 보였다.

"오늘은 네가 더 논리적인 것 같구나. 좋아, 고양이 한 마리 더 키우는 일은 다음으로 미룰게. 그건 그렇고, 요즘 네 기분이 안 좋은 거, 나하고 상관 있니?"

가스리가 눈을 살짝 내리깔고 말했다.

"어쩌면."

미네코가 진지하게 말했다.

"좀 자세히 말해 봐."

가스리는 침묵했다.

"얼른 말해 보라니까?"

가스리가 짐짓 새침하게 대꾸했다.

"엄마 사생활에 관계된 거라서 별로 말하고 싶지 않아."

"얘도 참, 괜찮으니까 말해 봐."

"정말 괜찮아?"

"괜찮아."

둘은 서로 살짝 눈을 흘겼다.

"관둘래, 그게 좋겠어."

가스리는 빈 통조림통을 개수대에 내려놓고 수돗물을 세게 틀었다.

미네코가 큰 소리로 말했다.

"너무 비겁한 거 아냐, 말만 꺼내 놓고?"

"좋아, 말할게."

가스리가 수도꼭지를 잠갔다.

"엄마, 남자 사귀지?"

"…."

"오해하지는 마. 엄마가 누굴 사귀든 엄마 자유고, 그것 때문에 내 기분이 나쁘다면 그건 내가 이상한 거지. 다만 내가 조금 기분이 나쁜 건, 엄마가 그 사실을 숨기고 있다는 거야."

"…."

"이유가 뭐야? 구니오 아저씨 땐 숨기는 거 없었잖아."

한동안 이 집에 같이 살던 남자 이름을, 오랜만에 가스리가 입에 올렸다.

"엄마랑 구니오 아저씨는 결국 그렇게 끝나 버렸지만, 그때까지 나는 잘했잖아."

미네코가 조그맣게 말했다.

"그랬지."

"그런데 왜 그때랑 달라?"

"숨긴 게 아니라…."

미네코는 우물거리며 말끝을 흐렸다.

"내가 친구랑 연극 보러 갔던 날, 남자랑 걸어가는 엄말 봤어. 이런 말까지 하고 싶지는 않지만, 엄마는 그때 그 사람이랑 손을 잡고 있었어."

가스리의 볼이 부루퉁해졌다.

"솔직히 나, 그때 무지무지 창피했어. 내가 왜 창피해야 하나 생각하니까, 나 자신한테 무지 화가 났어."

미네코는 나직이 한숨을 내쉬었다.

"이상하잖아. 누군가를 사랑하는 건 아름다운 일인데 말이야."

조금 잠긴 목소리로 미네코가 물었다.

"너, 그 얘기, 만조 씨한테 했니?"

"아빠한테?"

"그래."

가스리는 미네코를 똑바로 쳐다보며 "어유, 미워" 하고 중얼거렸다.

"엄마가 숨기고 있는 일을 남한테 얘기할 만큼 내가 생각이 없는 줄 알아?"

미네코는 순순히 미안하다고 사과했다.

"엄마한테 새 애인이 생긴 걸 알면 아빠도 기뻐할 거야, 틀림없이."

미네코는 그 말에는 대꾸하지 않고 진지한 얼굴로 말했다.

"애, 가스리. 누군가를 사랑하는 게 그저 아름답기만 한 건 아니고, 연애가 모두에게 무조건 좋기만 한 것도 아니야. 그래서 사람들은 사랑을 하면서 고민하는 거잖아."

가스리는 이내 생각에 잠겼다. 그러고는 얼마 후 들릴락 말락 작은 목소리로 "그런가?" 하고 중얼거렸다.

"참 묘한 애야, 너는."

사내가 말했다.

"묘해? 뭐가?"

가스리는 사내의 몸에 자기 몸을 쿵 부딪고는 그대로 딱 붙어서 걸었다.

사내가 말했다.

"인마, 좀 떨어져. 네 또래 아이들은 아빠하고 말도 잘 안 하려고 하지 않냐? 게다가 이런 허름한 시장 술집에 데려가 달라는 딸이 어디 있어?"

가스리는 또 한 번 몸을 툭 부딪고는 말했다.

"그만큼 내가 효녀라는 뜻이지."

"아무튼 말은 잘한다니까."

사내가 웃었다.

식사 때라 술집은 붐볐다. 가게 안을 두 바퀴나 돌고서야 빈자리를 찾았다.

사내는 술을 시킨 다음 가스리에게 뭘 먹겠냐고 물었다.

"잠깐만."

가스리는 신기한 듯 주위를 두리번두리번 둘러보았다. 얼마 뒤에 조그만 목소리로 메뉴판을 읽기 시작했다.

"해삼 300엔, 굴 돌구이 350엔, 삶은 토란 150엔, 오징어 초고추장 무침 220엔. 아빠, 싼 거야?"

"싼 편이지. 아냐, 싸."

"흠."

가스리는 고개를 두어 번 끄덕였다.

"내 용돈으로도 먹을 수 있겠다."

사내는 쓴웃음을 지으며 물었다.

"너, 무슨 생각하는 거야?"

가스리가 사내의 옆구리를 쿡 찔렀다.

"아빠, 저기."

가스리는 나지막이 말하면서 눈짓으로 한쪽을 가리켰다.

한 노인이 네 살쯤 된 여자아이의 입에 뭔가를 넣어 주고 있었다.

먹을 것을 받아먹을 때마다, 왜 그런지 여자아이는 활짝 웃으며 눈을 꼭 감았다. 노인도 함박웃음을 짓고 있어서 마치 두 사람 주위에만 불을 밝혀 놓은 듯 환해 보였다.

"아코, 자꾸 할아버지 귀찮게 하면 못써요."

손님 세 사람을 사이에 두고, 저쪽에서 아들 내외인 듯한 젊은 부부가 말했다.

'아코'라는 여자아이는 할아버지한테 까딱 고갯짓을 해 보이고는 젊은 부부한테 폴짝폴짝 뛰어갔다. 노인은 더없이 흐뭇한 듯 잔에 술을 가득 따르고는 맛있게 한 모금을 마셨다.

사내가 말했다.

"천국이 따로 없구나."

"저렇게 되고 싶어?"

"그럼."

"하지만 저건 자연스럽게 되어야 하는 것 같아."

사내가 감탄한 듯 말했다.

"녀석, 마치 삶의 이치를 깨달은 사람처럼 말하는구나."

"그냥 그런 생각이 들었어."

사내는 "그래그래" 하면서 고개를 끄덕였다. 저런 모습이 자기 딸의 마음속에 새겨졌다는 사실이 사내는 무엇보다 만족스러웠다.

"참, 뭐 먹을래, 가스리?"

주방에서 요리사가 솜씨 좋게 프라이팬을 놀리고 있었다. 그것을 가리키며 가스리가 말했다.

"저거 먹어도 돼?"

"볶음면? 음, 오랜만인데? 이 집에는 없는 게 없구나."

"아빠, 여기 처음이야?"

"아니, 친구들하고 몇 번 왔는데, 취해서 잘 기억이 안 나."

"아빠도 참" 하고 가스리가 핀잔을 주었다.

"나, 이런 분위기 좋아."

"정말 독특하군. 젊은 아가씨가 그런 생각을 해?"

사내는 정말로 신기하다는 듯이 가스리를 빤히 보았다.

사내가 물었다.

"어째서일까?"

가스리는 시치미를 뗐다.

"어째서일까? 말 안 해, 비밀이야."

가스리가 큰 소리로 주문했다.

"여기도 볶음면 하나 주세요."

사내는 술을 더 시켰다.

"아빠, 전시회 준비는 다 끝났어?"

"응, 거의."

"그럼, 아빠 집에 가도 괜찮아?"

"괜찮아."

"아빠한테 가는 일이 뜸해지면 엄마가 귀찮게 해. 아빠랑 싸웠냐는 둥 아빠가 못 오게 하냐는 둥."

사내가 의외라는 듯이 말했다.

"흠, 그래?"

"엄마, 좀 변한 것 같지 않아? 원래 뭐든지 자기 맘대로만 하려고 했잖아. 그런데 요즘은 이따금 너무 친절한 것 같기도 하고, 뭐랄까 완전히 딴사람 같을 때가 있다니까."

"글쎄다, 나야 뭐."

사내는 술을 한 모금 마셨다.

"아 참, 그렇지."

가스리는 그제야 깨달았다는 듯이 말했다.

"아빠 엄마가 헤어진 지 벌써 1년이 되었구나. 그동안 아빠랑 엄마는 거의 만난 적이 없으니까."

"네 문제로 중요한 일이 있으면 전화로 상의하고 있어."

"그건 나도 알아"

가스리가 말했다.

사내는 먼 곳을 바라보더니 천천히 말을 이었다.

"좀 전에 너는 엄마가 변한 것 같다고 했지? 그건 엄마한테, 아니 너한테도 좋은 변화일 수 있어. 다른 사람 일에 이러니저러니 얘기하는 건 별로 좋아하지 않지만, 아빠는 문득 그런 생각이 드는구나."

볶음면이 나왔지만 가스리는 바로 먹지는 않았다.

"세상에는 마음먹은 대로 살아갈 수 있는 환경에서 태어난 사람과 그렇지 못한 사람이 있지. 네 엄마는 아마 전자일 거야. 부유한 가정에서 태어나서 대학 다닐 때는 그럭저럭 수재로 인정받았고, 졸업한 뒤에는 대학에 자리도 얻었으니까. 물론 엄마도 나름대로 힘든 점이 있었겠지만, 적어도 지금까지는 자신의 의지대로 살 수 있었어. 예전에 네가 말했지? 엄마는 매사에 따지기를 좋아해서 싫다고. 그건 엄마가 자신의 뜻대로 살고 있을 때의 얘기일지 몰라."

사내는 "뭐 해, 어서 먹지 않고?" 하고 가스리를 재촉했다.

"기나긴 인생을 살면서 처음부터 끝까지 자신의 의지대로 살았다면, 그 사람은 아마 불행한 사람일 거야."

가스리는 볶음면을 먹었다. 고개를 숙인 채 가스리는 "아빠, 맛있어" 하고 말했다.

사내의 얼굴이 한결 부드러워졌다.

가스리가 말했다.

"엄마는 구니오 아저씨한테 상처를 많이 받은 것 같아. 아빠하고는 서로 확실하게 이야기를 하고 나서 헤어졌고, 헤어진 뒤에도 서로 미워하지 않잖아. 하지만 구니오 아저씨는 갑자기 집을 나가 버렸으니까. 그때부터 엄마가 변했어."

사내는 지그시 눈을 감았다 떴다.

"네 엄마가 그 충격에서 겨우 벗어났을 때, 너는 말했지. 잘난 아빠도 미울 때가 있고, 못난 엄마도 사랑할 수 있다고."

"그 말 기억해?"

"기억하다마다. 그때는 참 난감했어. 네 엄마와 너 사이를 처음으로 질투했거든."

가스리는 후후후 하고 장난스레 웃었다.

"엄마한테 좋아하는 사람이 생기면, 아빠도 축하해 줄 거지?"

"물론이지."

"정말?"

"정말이다마다."

가스리는 "그렇겠지" 하고 중얼거렸다.

"엄마한테 좋아하는 사람이 생기면, 엄마가 나한테 얘기할 것 같아, 안 할 것 같아?"

사내는 잠깐 생각하고 대답했다.

"당분간은 말하지 않겠지."

가스리는 깜짝 놀란 듯 큰 소리로 물었다.

"어떻게 알아?"

"네가 좀 전에 그랬잖아, 엄마가 변한 것 같다고."

"약았어" 하고 가스리가 말했다.

"아빠 머리 좋은 거랑 엄마 머리 좋은 건 분야가 좀 달라."

"녀석, 그건 또 무슨 말이야?"

가스리는 다시 후후후 웃었다.

"아빠."

"응?"

"엄마가 말해도 괜찮다고 했으니까 얘기하는 건데, 엄마한테 좋아하는 사람이 생겼어."

사내가 부드럽게 말했다.

"흠, 그래?"

"그런데 엄만 바로 얼마 전까지 나한테 숨기고 있었어."

"아아, 그랬구나."

사내는 좀 전의 대화를 떠올리며 빙긋 웃었다.

"나, 엄마한테 막 뭐라고 했어. 그 일로."

"그랬어?"

사내의 말투는 여전히 부드러웠다.

"사실 그럴 생각은 아니었는데…."

주위 손님들의 소리에 묻혀 가스리의 목소리는 거의 들리지 않았지만, 사내는 대충 이해할 수 있었다.

사내가 말했다.

"넌 그런 아이니까."

사내는 자신의 딸이, 아빠가 여자 친구와 함께 있다는 이유로 그 방 앞을 지나가지 못했던 아이라는 사실을 떠올렸다.

"엄마한테 막 뭐라고 하면서, 난 내가 참 나쁜 여자라고 생각했어."

사내는 새삼스레 가스리의 얼굴을 보았다. 딸이 스스로를 가리켜 여자라고 말한 사실에, 가벼운 충격을 받았다.

"왜 그렇게 엄마한테 대들었을까? 내가 여자이기 때문일까?"

사내는 싱긋 웃으며 말했다.

"그렇게 너무 서둘러 여자가 되지는 말아 줘."

말해 놓고 보니 뜻밖에 속마음을 드러낸 것 같아 사내는 씁쓸하게 웃었다.

가스리가 말했다.

"아빠한테는 아키코 씨가 있잖아. 욕심쟁이. 어, 그러고 보니까 아키코 씨 안 만난 지도 꽤 됐네? 잘 있어?"

사내는 아무렇지도 않게 대답했다.

"나도 안 만난 지 꽤 됐어."

가스리가 잔뜩 힘주어 물었다.

"왜?"

"흠."

사내는 대답이 궁했다.

"응, 아빠? 왜? 무슨 일 있었어?"

"딱히 무슨 일이 있었던 건 아니고."

"그런데, 왜?"

사내는 또 한번 나직이 신음 소리를 냈다.

가스리가 말했다.

"아빠, 나가자. 술 그만 마셔."

"뭐야, 갑자기…."

사내가 웅얼거렸지만, 가스리는 가게 주인에게 큰 소리로 말했다.

"여기, 계산해 주세요!"

밖으로 나오자, 가스리는 사내의 팔짱을 꼈다.

사내는 몇 번이나 했던 말을 되풀이했다.

"인마, 좀 떨어져."

"왜?"

"고등학생이나 된 딸하고 딱 붙어 다니는 건 꼴불견이야."

가스리는 천진스레 말했다.

"괜찮아, 뭐 어때서? 고등학생이든 대학생이든, 시집을 가든, 난 아빠랑 손 꼭 잡고 다닐 거야. 그러니까 아빠, 너무 싫어하지 마."

사내는 어이가 없다는 듯이 말했다.

"아니, 싫어할 거야. 아무튼 녀석 참 별나다니까."

"아빠. 아키코 씨 말인데…."

"음."

"요즘 왜 안 만나?"

사내는 하는 수 없다는 듯이 말을 꺼냈다.

"너한테 이런 말을 해도 좋을지 모르겠다만, 아키코는 아이를 원해."

"…"

"나는 아이를 가질 마음이 없어."

얼마간 침묵이 흘렀다.

"아빠."

"음?"

"나 때문이라면, 안 그래도 돼. 그러면 나, 슬퍼."

"아니, 저…."

사내는 말끝을 흐렸다.

"딸 앞에서 좀 더 확실하게 이야기하고 싶다만, 나도 어떻게 말해야 좋을지 잘 모르겠구나. 한 번 결혼에 실패한 데다 자식까지 딸린 몸이라, 자식한테 부담 주고 싶지 않다고 한다면 일단 이유야 되겠지. 하지만 나한테는 그런 생각이 없어."

"응."

가스리는 고개를 끄덕였다.

"점점 더 이해하기 힘든 말을 하는 것 같다만, 나는 아키코와 결혼을 해도 그만, 안 해도 그만이야. 어느 쪽이든 상관없어. 태도가 어정쩡한 게 아니라 그게 자연스러운 거야. 나는 판화가지만 작품을 만들 때는 농부가 조금씩 땅을 갈듯이, 내 속에 있는 것을 조금씩 조금씩 몇 번이고 곱씹어서 형태를 부여하지. 아빠는 남은 인생을 그렇게 살고 싶다."

가스리는 보일 듯 말 듯 고개를 끄덕였다.

"모든 사람이 그렇게 살 필요는 없어. 앞뒤 안 가리고 무조건 앞으로 나아갈 수도 있어. 젊은이들은 오히려 그런 방식으로 스스로를 단련할 수도 있겠지. 아무튼 사람은 다양한 게 좋아. 아키코와 나는 아이 문제를 계기로 삶의 방식이 서로 다르다는 걸 알게 된 거지."

"너무 어려워."

가스리가 나직이 말했다.

"그래. 그럴 수도 있지."

"아빠는 그렇다 쳐도, 아키코 씨는…."

"그래. 그래서 괴롭구나. 아키코와 나는 열다섯 살 차이야. 젊은 사람이 결혼해서 아이를 낳고 싶은 건 너무나 자연스러운 일이지. 내가 아키코한테 해 줄 수 있는 거라고는 헤어져 주는 것뿐이야."

가스리가 울먹거리며 말했다.

"난 아빠도 좋고 아키코 씨도 좋은데."

사내는 제 팔에 감긴 딸의 손을 잡고 살며시 힘을 주었다. 고맙다는 말 대신이었다.

사내가 말했다.

"하지만 가스리, 한쪽이 다른 한쪽에게 일방적으로 끌려가는 삶은 바람직하지 않아. 그러면 똑같은 일이 되풀이될 테니까."

"은어를 좋아하다니, 이런 고양이가 또 있을까?"

가스리는 갓 구운 은어를 식히려고 신문지를 반으로 접어 부채질을 하며 투덜거렸다.

"너무 그러지 마. 어쩌다 한번씩 주는 건데."

"내가 차푸가 아니라서 다행이지 뭐야."

"그거, 무슨 뜻이야?"

"내가 차푸처럼 목을 가르랑거리면서 엄마한테 응석이나 부리는 애였다면 어땠을까? 엄마한테 한없는 사랑을 받아 지금쯤 몸도 마음도 엄청난 비만이 되어 있을지 몰라."

"얘, 말도 안 되는 소리 작작해."

"동물을 무조건 귀여워하기만 하는 사람 중에는 욕구불만인 경우가 많대."

미네코는 엄한 표정을 지었다.

"가스리, 사과해. 그건 편견이야."

"과연 그럴까?"

가스리는 눈 하나 깜짝하지 않았다.

"엄마는 그런 근거 없는 말이나 내뱉고 우쭐대는 사람 제일 싫어."

가스리는 짐짓 놀란 표정을 짓고는 말을 이었다.

"엄마한테 그런 말을 듣다니, 뜻밖인걸?"

"무슨 뜻이야, 그게?"

"별 뜻은 없지만, 엄만 선생님이니까 엄마야말로 말로 먹고사는 사람이 아닌가 싶어서."

가스리는 오른손 손등을 뺨에 갖다 대고는 짐짓 고상한 척 호호호 웃었다.

미네코가 벌떡 일어서자, 가스리는 새된 소리를 지르며 달아났다.

"차푸, 살려 줘!"

"정말 기가 막혀서."

미네코는 어이없어 하며 가스리 쫓는 일을 그만뒀다.

맞은편에서 가스리가 어깨를 들썩거리며 쿡쿡 웃었다.

"차푸한테 생선 줘, 엄마."

"네가 주겠다며?"

"좋아. 내가 그쪽으로 갈 테니까, 갑자기 붙잡으면 안 돼."

"너, 왜 갈수록 정신연령이 낮아지니?"

"꼭 그렇게 말해야겠어?"

가스리는 샐쭉하니 말하고는 부엌 쪽으로 갔다.

"살을 발라 주지 않으면 못 먹다니, 대체 누가 고양이한테 이런 버릇을 들였을까?"

"무슨 말이야? 평소에 네가 돌보잖아?"

"난 그렇게 떠받들지 않아. 오냐오냐 응석을 받아 주는 건 엄마잖아."

"됐어. 잔소리 그만하고 얼른 주기나 해."

가스리가 생선을 든 채 쭈그리고 앉자, 고양이가 나직이 울었다.

한동안 고양이가 생선 먹는 모습을 지켜보던 가스리가 애교 섞인 목소리로 말했다.

"엄마."

"왜?"

"엄마, 니시자와 기쿠코 언니 알지?"

"토론회에 나오던 그 학생?"

"응. 결혼한 거 알아?"

"얘기만 들었어."

"나, 기쿠코 언니한테 편지 받았어."

"하긴 너는 그 학생이랑 친했으니까."

"그 언니, 굉장해, 엄마."

"굉장하다니?"

"부인이랑 자식까지 있는 사람이랑 연애를 했는데, 그 엄청난 장애를 뛰어넘고 결혼에 골인한 거 있지?"

갑자기 미네코의 얼굴이 굳어졌다.

"기쿠코 언니, 정말 용감하지?"

미네코는 어딘가 한곳을 뚫어져라 바라보고 있었다.

"다른 학생들하고는 어딘가 달랐어, 그 언닌."

"그렇지, 엄마?" 하고 동의를 구하던 가스리가 어리둥절한 표정으로 말했다.

"어? 엄마, 표정이 왜 그래?"

가스리는 미네코의 굳은 얼굴을 불길한 듯 바라보았다.

"가스리….."

"엄마가 사귀는 사람도, 그런 사람이야….."

가스리의 눈이 갑자기 커다래졌다.

가스리는 슬금슬금 뒷걸음치듯 물러나며 "엄마, 가까이 오지 마. 가까이 오지 마" 하고 아무한테도 들리지 않는 목소리로 헛소리처럼 부르짖었다.

닷새 뒤 사내가 가스리에게 전화를 했다.

"일 때문에 엄마 학교로 전화를 했어."

"그랬어?"

"마지막에 네 안부를 물었더니, 네가 요즘 통 말을 안 한다던데?"

"…."

"좀 쓸쓸해하는 것 같더라."

"…."

"왜 그래? 무슨 일 있었어?"

잠깐 사이를 두고 가스리가 대답했다.

"아니, 별로."

"그래. 그럼 다행이고. 엄마를 너무 힘들게 하지 마."

"네."

"무슨 일이야? 영 기운이 없잖아."

"아냐, 아빠."

"정말이냐?"

"응."

"가스리."

"왜?"

"이번 주말에 아빠한테 올래?"

"고마워, 아빠. 그런데 시험이 있어."

"못 온다고?"

"미안해, 아빠."

"그럼, 건강하게 지내라."

"응."

"무슨 일 있으면 아빠한테 전화하고."

"네."

"그럼."

사내는 미련을 남긴 채 수화기를 내려놓았다.

"누구 전화니, 가스리?"

뒤에서 미네코의 목소리가 쫓아왔다.

가스리는 아무 말 없이 자기 방으로 휙 들어갔다.

"인마, 너 무지하게 별나다."

소년이 오사카 지방의 억양이 한껏 밴 말투로 말했다.

"인마란 말 하지 말랬지. 나, 벌써 열 번도 넘게 말했어."

가스리가 쏘아붙였다.

"친구끼리 뭐 어떠냐? 그렇다고 성까지 붙여서 '미조구치 가스리'라고 부르는 건 너무 이상하잖아."

"나한테 인마라고 불러도 되는 사람은 우리 아빠뿐이야."

"인마, 아빠가 뭐냐, 아빠가? 꼬마가 그러면 귀엽기라도 하지, 다 큰 고등학생이 아직도 아빠냐? 혹시 너 정신적으로 미성숙한 거 아냐?"

"아야야!"

소년이 갑자기 펄쩍 뛰었다. 옆구리를 싹싹 문질렀다.

"너 아주 겁이 없구나? 그게 마음에 들긴 하지만, 아무한테나 이러면 좀 위험해."

가스리가 쌀쌀맞게 물었다.

"어떻게 위험한데?"

소년은 우물우물하다가 불량스레 말했다.

"쯧, 하여간에 이것저것."

"너는 그 이것저것 가운데 몇 가지나 했어?"

소년이 되물었다.

"무슨 말이야?"

가스리가 다그치듯 말했다.

"말해 봐. 저번에 누군가가 '너, 폭주족이냐?' 하고 물었을 때, 한때는 그랬다고 대답했지? 아버지는 행방불명에 어머니는 정신병원 신세라고 유행가 같은 말을 하면서 불량스럽게 굴었잖아. 그러니까 내 말에도 대답해 줘야지."

"뭔가 오해하고 있나 본데, 문제아로 찍히든 말든 나는 아무 관심 없어. 그때 그건 담임이 이번에 오사카에서 전학 온 학생은 조심하는 게 좋을 거라고 쓸데없는 말을 한 데 대한 항의였을 뿐이야. 그리고 난 거짓말한 적 없어. 일단 지금 나 따라서 병원에 가고 있잖아."

"아무리 사실이라도 슬픈 일은 되도록 남한테 떠벌리지 않는 게 낫지 않아?"

소년은 깜짝 놀란 얼굴을 했다. 그러고는 사뭇 감탄한 듯이 가스리의 말을 곱씹는 표정으로 말했다.

"듣고 보니 그러네."

소년은 화제를 바꿀 셈으로 무뚝뚝하게 말했다.

"그건 그렇고. 너는 자꾸 인마라고 하지 말라고 하는데, 너도 나한테 인마라고 하면 되잖아. 그러면 비기는 거니까."

그러고는 "나 참, 이쪽 동네 인간들은 왜 이렇게 까다로워?" 하고 성가시다는 듯이 중얼거렸다.

78

"우에노."

"뭐야?"

가스리는 오른손에 들고 있던 프리지어꽃을 왼손으로 옮겨 들며 말했다.

"하나 물어봐도 돼?"

"하나든 둘이든 물어봐."

"네 어머니가 알코올 의존증으로 정신병원에 입원해 계신다는 거 알고 다음에 병문안 갈 때 나도 같이 가면 안 되겠냐고 했을 때, 난 네가 거절하거나 화를 낼 줄 알았어. 그런데 너는 선뜻 좋다고 했는데 그 이유가 뭐야?"

소년은 한심하다는 듯이 그걸 꼭 말로 해야 알아먹느냐고 가스리를 타박했다.

"너는 너 자신을 어떻게 생각하는지 모르겠지만, 다른 녀석들에 비해 꽤 냉정한 편이야. 하지만 네 말에는 항상 진심이 담겨 있어. 딱히 생각나는 말이 없어서 그냥 진심이라고 표현했지만, 인간들은 대개 무슨 말을 할 때는 이것저것 따지고 재면서 감정을 잡는단 말이야. 하지만 너는 그러지 않아서 마음에 들었어. 조금이라도 호기심이나 동정이 섞여 있었다면 국물도 없었어."

소년의 말에 가스리는 생각에 잠겼다.

어느덧 둘은 병원 앞에 서 있었다.

"대개 정신병원은 환자를 꽉꽉 채워 넣고 돈벌이만 하려 들지만, 이 병원 원장 아저씨는 좀 별나. 학교와 병원에는 자

유와 평등이 필요하다느니 하면서 보통 의사들은 잘 안 하는
말을 늘어놓거든. 환자와 정정당당하게 승부하겠다는 말, 꽤
근사하지 않냐?"

가스리는 생긋 웃었다. 덕분에 긴장도 조금 풀린 것 같았다.

소년은 접수 창구에 들르지 않고 곧장 병실로 걸음을 옮겼다.

몇몇 환자의 침대를 지나서 가장 안쪽에 있는 침대로 갔다.

소년이 말했다.

"나 왔어."

머리끝까지 덮었던 담요 끝자락이 젖혀지고, 까칠하고 파
리한 얼굴이 보였다.

"아, 료타 왔구나?"

깜짝 놀랄 만큼 가냘픈 목소리였다. 료타는 소년의 이름이
었다.

소년이 가스리에게 설명해 주었다.

"자율신경 장애 치료 약을 먹으면 목소리가 저렇게 돼."

소년은 어머니에게 가스리를 소개했다.

"미조구치 가스리라고, 같은 반 애야. 어때, 술 좀 사 올까?"

가스리가 허둥지둥 소년의 옆구리를 비틀었다.

소년의 어머니가 희미하게 웃었다.

애써 밝은 표정을 지어 보이며 소년의 어머니가 말했다.

"얘가 이래요."

가스리는 꾸벅 고개를 숙였다.

"얘가 이렇다니, 이런 게 어떤 건데? 자식이 어떻다는 둥

말하기 전에 자신을 먼저 돌아보시지 그래?"

"우에노."

가스리가 정색을 하고 소년을 노려보았다.

"말조심하라고? 알았어, 알았어."

소년은 웃으면 어리고 붙임성이 있어 보였다.

"구역질이랑 몸 떨리는 건 멎었어, 요즘."

소년의 어머니가 그렇게 말하며 일어나 앉으려고 했다.

"남 보는 데서 빌빌거리지 좀 마."

소년의 손이 재빨리 어머니의 등을 떠받쳤다. 가스리는 그때 소년의 손이 참 예쁘다고 생각했다.

"삼촌은 잘해 주시니?"

"똑같은 걸 몇 번이나 물어? 쳇, 친척 중에 자기가 제일 부자라고 얼마나 뻐기는지 몰라. 신세진 거 나중에 곱절로 갚겠다고 했더니, 남자는 그런 근성이 없으면 출세 못 한다고 떠벌리더라고. 부자는 대체로 남을 착취해서 돈을 모았으니까 따지고 보면 도둑이나 마찬가지야. 도둑은 나 죽었소 하고 사니까 그나마 봐줄 만한데, 부자들은 자기들이 무슨 대단한 벼슬이라도 한 줄 안다니까. 하여간 같잖은 인간이 나더러 같잖은 인간이라고 하니까 재미있지 뭐야."

어머니가 소년을 타일렀다.

"그런 말 함부로 하면 못써."

소년이 불쑥 말했다.

"이제 슬슬 가 볼까?"

가스리가 어쩔 줄 모르고 당황해서 말했다.

"지금 금방 왔잖아, 우에노."

"이런 데 오래 있으면 나까지 정신이 이상해지는 거 같다
고."

소년의 어머니는 쓸쓸하게 웃으며 가스리에게 말했다.

"늘 1분을 안 넘겨요."

"아줌마, 꽃병 있어요?"

"대충 아무 데나 둬."

소년이 건성으로 말했다.

가스리는 소년의 말을 무시하고는 소년의 어머니가 내민
꽃병에 일부러 천천히 프리지어를 꽂았다.

"고마워요."

소년의 어머니는 고개를 숙인 채 한동안 움직이지 않았다.

"아줌마."

가스리는 소년 어머니의 웅크린 어깨를 잡고 살며시 펴 주
었다.

"고마워요."

가냘픈 목소리가 떨리고 있었다.

가스리는 미소를 지으며 말했다.

"아줌마, 또 올게요."

소년이 익살을 떨었다.

"아줌마, 꿋꿋하게 잘 사쇼."

"우에노는 어머니를 사랑하는구나."

돌아오는 길에 가스리가 이렇게 중얼거리자 소년이 대뜸 말했다.

"인마, 닭살 돋는 소리 하지 마. 부모는 적이야. 학교 선생하고 똑같다고. 그 인간들을 싹 몰아내지 않으면, 내가 살 수 있는 세계는 없어."

가스리가 쌀쌀맞게 말했다.

"괜히 허세 부리는 거지?"

"너하고 난 살아온 환경이 달라. 네 상식으로 아무 말이나 하지 마. 난봉꾼에 알코올 중독자인 부모를 둔 자식한테는 하루하루가 전쟁이야. 어유, 꼴에 부모라고 자식을 죽이지는 않지만, 죽도록 패질 않나, 죽도록 굶기질 않나, 진짜로 죽을 맛이었다니까. 코흘리개 때부터 나 스스로 나를 지켜야 했다고."

"우에노."

"왜?"

"그렇게 자란 사람이면 누구든 어두운 구석이 있을 거야. 남 앞에서 주뼛거리기도 하고 말이야. 그런데 너한테는 그런 게 없어. 왜 그럴까?"

"주눅 들면 못 사니까."

가스리가 말했다.

"대답이 너무 짧은걸."

소년은 장난스레 대꾸했다.

"딩동댕."

"우에노."

"뭐?"

"부모가 적이란 말, 나도 조금은 이해할 수 있어."

소년이 말했다.

"그러냐?"

"나도 엄마랑…."

가스리는 뭔가 생각난 듯 고쳐 말했다.

"따지고 보면 나도 어머니하고 싸우면서 컸으니까."

소년이 불쑥 끼어들었다.

"아빠랑은?"

가스리가 왈칵 소리를 질렀다.

"우에노, 너!"

"놀리는 거지?"

"딩동댕."

가스리가 오른손을 뻗었다. 소년이 옆으로 살짝 물러났다.

얼마 뒤에 소년이 숨을 헉헉거리며 말했다.

"알았어. 진지하게 들을게."

"아무튼 못 말려."

가스리는 뾰로통하게 말하고는 소년의 몸에 자기 몸을 툭
부딪쳤다.

"어머니한텐 언제 가?"

"일요일에."

"일요일마다?"

"그래."

"그런데 딱 1분?"

"그래."

"정말 기가 막혀서."

가스리는 어이가 없었다.

"부모는 적이니까?"

"아무렴."

"그러면서 병원엔 왜 가?"

"거기엔 엄연히 이유가 있지. 알코올 중독자는 흔히 의지가 약해서 술을 끊지 못하는 걸로 알고 있잖아?"

"응."

"원장 아저씨 말로는, 알코올 중독은. 아, 참. 알코올 중독은 편견 섞인 말이니까 쓰지 말고 알코올 의존증이라고 하라나? 쳇, 그게 그거지 뭐. 그래서 아무튼, 어, 내가 무슨 말을 하려고 했더라? 아, 맞다. 알코올 중독은 술을 마시고 싶은 욕구를 억누를 수 없는 병으로, 이건 의지가 강하냐 약하냐 하고는 상관없대. 의지가 강한 사람은 무좀에 안 걸린다고 하면 다들 웃겠지? 그거하고 똑같대. 그러니까 병이지. 그 병의 원인이 뭐냐면, 마음속에 생긴 문제래."

"하여간 인간은 너무 복잡해" 하고 소년은 중얼거리듯 덧붙였다.

"마음속에 생긴 문제의 원인은 아버지하고 나야. 아버지의 바람기와 내 불량기가 어머니를 병들게 한 거지. 생각해 보니

무지하게 기분이 나쁘더라고. 적한테 빚을 진 셈이니까. 내가 병원을 찾는 이유는 빚을 갚기 위해서야."

소년은 "이제 알겠냐?" 하고 장난치다 야단맞은 어린애처럼 눈만 살짝 치뜨며 가스리를 쳐다보았다.

"이 병은 혼자 두면 낫지 않는대. 원장 아저씨 말로는 편견과 멸시가 알코올 중독을 낳고 병을 심각하게 만든다더라."

그러고는 소년은 시원시원하게 말했다.

"아무튼 병이 다 나으면 다시 전쟁이야. 맺힌 게 많거든, 그 아줌마한테."

해 저무는 길을 두 아이가 경주하듯 자전거를 몰고 달려갔다.

가스리가 말했다.

"우에노, 어쩐지 즐거워 보여."

"암, 그 아줌마랑 쌈질하는 게 내 삶의 보람이니까."

후후후, 가스리는 나직이 웃었다.

"어릴 때 몇 번이나 집에서 쫓겨났는지 몰라. 어머니가 알코올 중독을 앓고 나서부터 내가 톡톡히 앙갚음을 하고 있지. 그렇게 술이나 퍼먹을 거면 당장 나가라고 고래고래 소리치면서 옷이랑 화장품 몇 가지를 쥐여 주며 내쫓았으니까."

"넌 참 정이 많구나."

가스리가 중얼거렸다.

"뭐라고?"

"너는 정이 많다고."

"내가 정이 많다고?"

소년은 터무니없는 소리라는 듯이 말했다.

"뭐, 시험 얘기는 거짓말이었다고?"

가스리가 사내에게 사과했다.

"아빠, 미안해."

"그거야 뭐 괜찮지만, 무슨 일이야?"

"차차 얘기할게."

"그래, 그럼."

왁자지껄한 아이들의 목소리가 들렸다.

운동장에는 아이들이 뒤섞여 저마다 신나게 야구, 축구, 배드민턴을 하고 있었다.

가스리는 한동안 그 모습을 바라보고 있었다.

"아빠."

"응?"

"나한테 남자 친구가 있다면 믿을 거야?"

"믿고말고. 인기가 좋을 테니까, 가스리는."

"아이, 아빠도 참."

가스리는 사내의 등을 퍽 쳤다.

"어떤 아이니?"

"같은 반."

"음, 그래?"

"저번에 아빠랑 술집에 갔잖아? 그런 동네에 사는 애야."

"시장?"

"응."

사내는 고개를 끄덕거렸다.

가스리가 너무도 아무렇지 않게 말했다.

"더구나 폭주족에 비행 청소년이야."

사내가 말했다.

"호오, 그래?"

"놀라지 않아?"

"어찌 놀라지 않겠습니까?"

사내가 농담처럼 그렇게 말했다.

"아빠는 말이다."

"응?"

"예전에 폭주족 아이들을 모아 시골에 자급자족 단체를 만들고 싶었던 적이 있었어."

가스리가 사내 흉내를 냈다.

"호오, 그래요?"

"네가 선택한 애니까, 아빠는 믿는다."

"아빠, 고마워."

"언제 한번 보고 싶구나."

"응."

사내의 발치로 축구공이 굴러 왔다.

사내는 오른발로 능숙하게 공을 다루더니, 저편에서 뛰어오는 아이들에게 "간다아!" 하고 큰 소리로 외치고는 뻥 찼다.

"와, 멋지다."

가스리가 박수를 쳤다.

"아빠."

"응?"

사내는 손바닥을 털었다.

"아빠가 보자고 했는데도 시험이 있다고 거짓말한 건…."

"음."

"아빠를 만나면 엄마 얘기를 하게 될 것 같아서…."

"아직 말 안 하니?"

가스리가 대답했다.

"아직은…."

"왜, 무슨 일이야?"

가스리는 한동안 말이 없었다.

"엄마가 좋아하는 사람, 부인이랑 자식이 있는 사람이야."

"뭐?"

사내는 놀랐다.

"엄마가 나한테 그 얘길 털어놨을 때…."

가스리가 울먹이는 목소리로 말했다.

"나… 엄마가… 엄마가… 내 몸에 손대는 게 싫었어."

사내는 나지막이 신음을 내뱉었다.

"엄마한테 상처를 주는 거라고 생각하지만…. 나… 어쩔 수 가 없었어."

사내는 다정하게 딸의 어깨를 감싸 주었다.

"나…."

"그만. 이제 그만."

사내는 두세 번 가볍게 딸의 어깨를 토닥였다.

"가스리, 아빠가 얘기 하나 해 줄까? 바로 얼마 전 일이야. 백화점에서 열린 소품 전시회 마지막 날이었는데, 그날 사인회가 있었지. 사인회가 끝나고 팬들과 동료들과 함께 차를 마시면서 얘기를 나누고 있는데, 뒤늦게 한 젊은이가 찾아와서 색종이에 사인을 해 달라고 부탁하더구나. 옆에 있던 사람이 사인회는 벌써 끝났다고 했지만, 그 젊은이가 미안하다면서 꼭 좀 부탁한다고 사정하는 거야. 필기구도 다 챙겨 넣어 버린 뒤라, 나는 동료한테 만년필을 빌려서 사인을 해 줬어. 그 젊은이는 고맙다며 돌아갔지. 그런데 10분쯤 뒤에, 그 사람이 다시 찾아온 거야, 사인을 다시 해 달라고 말이야. 너도 알지, 붓펜이라는 거? 만년필로 한 사인 위에 붓펜으로 덧써 달라고 하지 뭐냐. 옆에 있던 친구가 너무 무례한 거 아니냐고 나무랐지만, 젊은이는 바닥만 내려다보며 다 기어들어 가는 목소리로 붓으로 쓴 사인을 갖고 싶다고 하더구나. 나는 화랑 사람한테 새 종이를 얻어서 그 젊은이가 해 달라는 대로 해 줬지만, 속으로는 참 낯도 두껍구나 싶었지. 그런데 네댓새 뒤에 그 젊은이한테서 편지가 왔어. 뭐라고 써 있었을 것 같아?"

가스리는 고개를 저었다.

"초면에 실례가 많았다고. 그다음 말이, 자기는 신경증을

90

앓고 있어서 뾰족한 물건이나 가느다란 걸 보면 안절부절못한다는 거야. 한순간, 나는 뒤통수를 세게 얻어맞은 듯한 충격을 받았지."

가스리는 사내의 눈을 말끄러미 들여다보았다.

"그런 일이 있었단다, 가스리."

가스리는 크게 고갯짓을 했다.

"응, 무서운 얘기지만⋯."

가스리는 혼잣말처럼 말했다.

"생각해 볼게, 아빠. 나라면 어땠을지."

"그래. 사람과 사람의 관계란 참 어려워. 부모 자식 사이든 연인 사이든, 상대방을 이해한다는 것은 쉬운 일이 아냐. 아빠하고 너는 살아온 세월이 많이 다르지만, 아마 네 생각도 아빠와 같을 거야. 이런 생각에 나이 차이 같은 건 없어. 어린 아이들도 마찬가지일 거라고 생각한다."

사내는 신나게 야구를 하고 있는 아이들을 바라보며 말했다.

"가스리, 밥 먹자."

미네코가 이층에 있는 가스리를 불렀다.

"응."

미네코가 어머나? 하는 표정을 지었다.

가스리가 식탁 앞에 앉자 미네코가 물었다.

"된장국이랑 우유, 어떤 걸로 할래?"

가스리가 대답했다.

"된장국."

"너, 그거 아니?"

"뭐?"

"네가 너무 짜게 먹는 건 건강에 안 좋다고 해서 아침에는 둘 중 하나를 먹기 시작했는데, 네가 된장국을 고를 때는 대개 기분이 좋을 때란 거."

"어머, 정말이야?"

가스리는 정말로 깜짝 놀란 듯이 되물었다.

"엄만 그런 것까지 관찰해? 어유, 싫어라."

"그게 부모란 거야. 대충은 알 수 있어."

"여자는 이래서 싫어."

가스리는 조그맣게 말했다.

"너도 여자란 거 잊지 마."

미네코는 그렇게 말하고, 가스리 앞에 된장국 그릇을 내려 놓았다.

"너, 어제 만조 씨 만나고 와서 처음으로 말하는 거야. 너, 며칠 동안이나 엄마랑 말 한 마디 안 했는지 알아?"

"…."

"꼬박 1주일이야. 너를 어린애로 생각한다면 이럴 일도 없 겠지만, 나는 너를 어엿한 한 사람으로 대하려고 애쓰고 있 어. 내가 지난 1주일 동안 얼마나 마음 고생을 했는지 넌 모를 거야."

가스리가 젓가락을 내려놓고 사과했다.

"엄마, 미안해."

고양이 차푸가 야옹 하고 울었다.

미네코가 고양이를 달랬다.

"잠깐만 기다려. 조금 있다 줄게."

"그렇지만, 엄마…."

가스리가 말을 이었다.

"분명히 말하는데, 나는 지금 엄마랑 말을 하지 않았던 점만 사과하는 거야. 그러니까 오해하지는 마."

미네코가 힐끔 가스리를 보았다.

"엄마랑은 앞으로도 계속 싸울 거니까."

"후유, 밖에서도 전쟁, 안에서도 전쟁이구나."

미네코는 맥 빠진 목소리로 말했다.

"전쟁을 통해 단련되잖아."

미네코가 대꾸했다.

"나는 평화를 원해."

"그건 게으름뱅이들이나 하는 생각이야, 엄마."

"그래, 그래, 알았어."

미네코는 그렇게 말하고 생선구이를 살펴보러 갔다.

"엄마가 할머니가 되고, 내가 아줌마가 돼도, 우린 날마다 이렇게 싸우고 있을까?"

"그때까지 나랑 살 셈이야?"

"엄마가 정 원하면 그렇게 해 줄 수도 있어."

"아이고, 사절이네요. 되도록 빨리 시집가 줘."

미네코가 생선구이를 접시에 담아 왔다.

"차푸, 조금만 더 기다려. 지금 식히고 있으니까."

미네코가 고양이 몫의 생선 살을 발라내기 시작했다.

"사람 먹는 거랑 고양이 먹는 거랑 좀 따로따로 하면 안 돼?"

"아침엔 어쩔 수가 없잖니."

"어유, 지겨워."

가스리는 투덜거리면서 콧잔등에 주름을 모았다.

후식으로 딸기를 먹으며 가스리가 말했다.

"엄마, 고양이 한 마리 더 기르고 싶다고 했지?"

"히말라얀 말이니?"

"응. 차푸랑 싸우지 않을까?"

"글쎄? 처음엔 서로 싸울지도 모르지만 금세 친해지겠지. 여러 마리를 함께 키우는 집도 많으니까. 그런데 그건 왜?"

"엄마, 그 고양이 키우고 싶지?"

"혼자 사는 게 아니니까, 네가 싫다면 안 키울 거야."

"괜찮아. 키워도 돼."

"정말이니?"

미네코의 눈이 빛났다.

"정말 괜찮아? 친구한테 전화해도 되는 거니?"

"괜찮다니까."

"그래, 고맙다. 집에 있으려나?"

미네코는 전화기 버튼을 누르기 시작했다.

가스리는 "빚은 갚아야 하니까" 하고 장난스레 중얼거렸다.

학교 갈 준비를 하고 아래층으로 내려오자, 미네코는 벌써 통화를 끝내고 기다리고 있었다.

"이번 주 일요일에 가지러 가도 된대."

"그래?"

"가스리, 너도 같이 갈래?"

"좋아. 그런데 엄마, 내 빨래 목욕탕에 뒀거든. 좀 부탁할게."

가스리는 미안한 듯 두 손을 모았다.

"갔다 올게!"

가스리가 큰 소리로 말하고 문을 열었다. 일단 문밖으로 나간 가스리는 고개만 불쑥 디밀고는 미네코를 불렀다.

"엄마."

"왜?"

"엄마가 좋아하는 사람 얘기를 해 준 보답이야. 나한텐 우에노라는 남자 친구가 있어."

미네코가 깜짝 놀라 "뭐?" 하고 되물었다.

"갔다 올게."

가스리는 몸을 휙 돌려 뛰어갔다.

"인마, 너 무지하게 별나다."

이 말은 소년의 입버릇이 되어 버린 듯했다.

"이런 데 돌아다니는 게 뭐가 재미있냐?"

오락실의 소음이 가스리를 감쌌다.

음식점 앞에서 가스리가 걸음을 멈추고 말했다.

"와, 새우튀김 진짜 크다!"

유리창 너머로 갓 튀긴 튀김들이 가지런하게 놓여 있는 것이 보였다.

"우에노, 우에노, 저렇게 큰 새우튀김이 두 개에 450엔이래. 와아!"

소년은 감탄하고 있는 가스리를 한심하다는 얼굴로 보았다.

"인마, 저렇게 큰 새우튀김은 대부분 밀가루 덩어리야. 다사기라고."

새우를 튀기고 있던 가게 남자가 그 소리를 들었는지, 가스리와 소년의 눈앞에 튀김옷을 입히지 않은 새우 한 마리를 덜렁 집어 올려 보였다.

소년이 뻔뻔스레 말했다.

"어쭈, 생각보다 양심적인데? 좋아, 좋아."

가스리는 얼굴이 빨개져서 소년의 팔꿈치를 홱 잡아끌었다.

"넌 꼭 그런 말을 해야 돼?"

가스리는 조금 떨어진 곳으로 소년을 끌고 가 화난 표정을 지었다.

그러자 소년이 양쪽 눈초리와 뺨을 엄지손가락과 집게손가락으로 꾹 집어 보였다.

가스리가 풋 하고 웃음을 터뜨렸다.

"기껏 저 정도에 그렇게 감탄을 하냐? 좋아, 내가 훨씬 근사한 데로 안내해 주지."

"어디야, 거기가?"

"잠자코 따라오기나 해."

소년은 그렇게 말하고 앞장서서 걷기 시작했다. 거리는 온통 장을 보러 나온 사람들로 발 디딜 틈이 없었다. 가스리는 잰걸음으로 소년을 쫓았다.

"여기야."

소년이 좁은 계단을 성큼성큼 올라갔다.

"이야, 가게가 꽉 찼네."

문을 열자, 엄청난 열기와 냄새가 둘을 휘감았다.

소년은 사람들을 헤치고 비집고 들어가서 빈자리를 찾아 앉았다.

소년이 두리번거리는 가스리를 불렀다.

"어이, 여기야, 여기."

소년이 부산스레 말했다.

"여긴 항상 이렇게 붐벼. 뭐 먹을래? 하긴 네가 뭘 알겠냐? 내가 알아서 시킬까? 좋아. 아줌마!"

소년이 주문을 하자 음식이 바로 나왔다. 냄비에 배추가 수북이 쌓여 있었다. 눈에 보이는 건 그것뿐이었다.

가스리가 물었다.

"뭐야, 이게?"

"맨 밑엔 소 내장. 뭐, 사람에 따라서는 쇠고기 등심이나 심장을 넣기도 하는데, 뭐니 뭐니 해도 내장이 제일 싸고 맛도 좋지. 그 위에 콩나물, 그다음이 배추. 달랑 이것뿐이지만, 아무튼 한번 먹어 봐. 이거, 얼마쯤 할 것 같냐?"

가스리가 눈동자를 굴려 메뉴판을 보려고 하자, 소년이 두 손으로 잽싸게 가스리의 눈을 가렸다.

반사적으로 가스리의 손이 그 위에 포개져, 둘은 한순간 움 찔했다. 그러나 가스리의 손은 그대로 있었다.

가스리는 모깃소리처럼 조그맣게 대답했다.

"모르겠어."

"350엔이야."

그렇게 말하고, 한참이나 지난 뒤에야 소년은 손을 내렸다.

가스리는 소년 몰래 가만가만 긴 숨을 내쉬었다.

"되게 싸지?"

"으응."

가스리는 눈길을 떨어트렸다.

"진짜 싸지?"

가스리가 멍하니 대답했다.

"으응."

가스리는 음식이 끓을 때쯤에야 마음이 조금 가라앉았다.

"1인분에 350엔짜리 푸짐한 요리, 내가 한턱낸다."

소년은 먼저 맛을 보라며 가스리를 빤히 보았다.

"맛있어."

가스리는 그렇게 말하며 소년을 보고 환하게 웃었다.

소년이 흐뭇해하며 말했다.

"그렇지?"

가스리가 조그만 소리로 물었다.

"우에노, 여자 친구 있어?"

"여자 친구?"

"응."

"글쎄, 그 녀석이 내 여자 친구인가? 오사카에 있을 때 어머니하고 같은 병원에 입원해 있던 녀석인데, 자꾸만 자살을 하려고 하기에 다시는 안 그러겠다고 약속하면 각시 삼아 주겠다고 했거든."

담담한 목소리로 소년이 말했다.

가스리의 몸속에서 뭔가가 기우뚱 하고 흔들렸다.

"어쩐 일이냐, 전화도 없이?"

"아빠, 괜찮아?"

"괜찮다마다."

"일하고 있지 않았어?"

"보시다시피."

사내는 두 팔을 벌리고 잠옷 차림을 보여 주었다.

"어서 들어와."

가스리는 애써 명랑한 척했다.

"아빠, 맥주 마시고 있었어?"

"방금 시작했지."

"내가 술친구 해 줄까?"

"뭐야, 인마?"

"가끔씩 밤에 엄마가 술 마시면 옆에 있어 주는걸."

"네 엄마는 술꾼이니까."

"아빠 엄마 피를 이어받았으니, 나도 술꾼이 될까?"

"흠, 글쎄다."

"정말 마실 거냐?"

사내가 물으면서 술잔을 가져왔다.

"아빠, 따라 줘."

"이런, 이런."

사내가 난처한 듯 말했다.

가스리는 단숨에 맥주 반 잔을 비웠다.

사내가 또 한번 말했다.

"이런, 이런."

"자, 이번엔 아빠."

가스리가 사내의 잔에 맥주를 따랐다.

사내는 단숨에 잔을 비우고 말했다.

"흠, 이런 게 지복이겠지."

"뭐, 지복?"

"더없는 행복이라는 뜻이지. 뭐야, 너 고등학생이잖아?"

"뭐야, 그럼. 나랑 술 마시는 게 그렇게 행복하단 말이야?"

"당연하지. 딸과 함께 느긋하게 술을 마실 수 있다는 건 그 야말로 과분할 만큼 고마운 일이야. 그래, 지난번 술집에서 손녀딸과 함께 있던 할아버지 기억나지?"

"응."

"이런 마음일 거야, 분명히."

"흠."

가스리가 말했다.

"아빠, 늘 혼자라서 쓸쓸해?"

"익숙해졌어."

"미안해, 아빠."

"미안해? 뭐가?"

"그게, 저⋯."

가스리가 조그맣게 말했다. 그리고 결심한 듯이 고백했다.

"아빠, 나 방금 데이트하고 오는 길이야."

"그래? 그런데 왜 이렇게 기운이 없어?"

"아빠는 예리하구나" 하고 가스리는 중얼거렸다.

"우에노⋯. 아, 그 애, 우에노라고 해. 우에노한테 여자 친구가 있냐고 물어봤어."

"네가 여자 친구였던 거 아냐?"

"나 말고 또 있을 수 있으니까."

"그야 그렇지. 그랬더니?"

"그랬더니 몇 번이나 자살을 하려던 애가 있는데, 다시는 안 그러겠다고 약속하면 각시 삼기로 했대. 그 애가 자기 여자 친구래."

사내는 "흠, 그래?" 하고 말하고 자기 잔에 맥주를 따랐다.

"그 애, 꽤 멋있지?"

"그렇구나."

"우에노는 그런 애야."

사내는 땅콩 한 알을 집었다.

"그래서 포기했어?"

"글쎄, 어떡할까?"

"너는 아빠를 닮았을까, 엄마를 닮았을까?"

가스리가 물었다.

"어느 쪽인 것 같아?"

사내가 말했다.

"글쎄다, 아빠도 잘 모르겠구나."

"지금 이런 말을 꺼내는 게 좀 뭣하지만, 이번에 아키코가 결혼을 하게 됐다."

가스리가 깜짝 놀라서 물었다.

"누구랑?"

"물론 나 말고 다른 남자지."

"…."

가스리는 고개를 푹 떨어뜨렸다.

"네가 풀 죽을 건 없어."

사내는 가스리의 머리에 손을 얹고 가볍게 쓰다듬었다.

가스리는 거의 울 것 같은 얼굴로 물었다.

"아빠, 괴로워?"

사내는 온화하게 말했다.

"괴롭지."

"난 아빠 닮을래."

"그러지 마."

사내가 힘주어 말했다.

"가스리는 아빠를 닮지도 않았고, 엄마를 닮지도 않았어. 가스리는 가스리야."

고개를 끄덕이는 가스리의 눈에서 눈물이 한 방울 또르르 굴러 떨어졌다.

사내가 밝은 목소리로 말했다.

"오늘 네 엄마한테 전화가 왔어. 이번 주 일요일에 히말라얀을 얻으러 간다며? 너와 내가 주는 선물이라면서 고맙게 받겠다더구나."

"오늘은 둘이서 흠뻑 취해 볼까?" 하고 사내는 유쾌하게 말했다.

3

고양이 뽀뽀를 집에 데려온 지 석 달째다.

"처음부터 사이가 좋다니 참 희한해."

페르시아고양이 차푸와 히말라얀 뽀뽀가 사이 좋게 먹이를 먹는 모습을 바라보며, 가스리가 혼잣말처럼 중얼거렸다.

저녁 설거지를 하면서 미네코가 말했다.

"둘 다 다 자란 고양이였다면 싸웠을 거야. 뽀뽀가 우리 집에 온 게 생후 4개월 때였잖아. 차푸는 이제 할머니 나이라 나름대로 현명하고."

"어?" 하고 가벼운 비명을 지르며 가스리가 물었다.

"그럼 차푸는 지금 대체 몇 살이야? 내가 철들 무렵부터 우리 집에 있긴 했는데."

"차푸는 태어나자마자 우리 집에 왔고, 그때 넌 세 살이었어. 그러니까 지금 열세 살인 셈인가?"

"고양이는 몇 년 살아?"

"보통 10년이나 11년쯤? 뽀뽀를 준 히로미 씨처럼 고양이 마니아, 그러니까 고양이를 끔찍이 아끼는 사람이 키우면 수명이 길어진다던데."

가스리가 슬쩍 비꼬았다.

"그럼, 내 수명은 짧겠네?"

미네코는 어이없다는 얼굴이었다.

"그런 말이 어떻게 그렇게 술술 나오니?"

"뭐, 너무 심각하게 받아들일 건 없어."

가스리가 어른스런 말투로 말했다.

"그러니까 차푸는 평균보다 오래 살고 있는 거네?"

"그렇지. 히로미 씨가 나더러 고양이 하나는 잘 키운다더라."

"엄마, 그 아줌마 참 재미있어."

"히로미 씨, 여장부지?"

"응, 정말." 가스리도 맞장구를 쳤다.

"히로미 아줌마는 아저씨 앞에서 자기는 일찌감치 여자이기를 포기했다고 그랬잖아. 남자보다 고양이가 훨씬 좋다고도 했고. 그때 아저씨는 난처하게 웃었고, 그렇게 뛰어난 미인이 그런 말을 하니까 되게 이상했어."

"병 때문에 자궁을 들어냈기 때문에 그렇게 말한 건 아냐. 여장부이긴 하지만, 여자로서도 충분히 매력 있는 사람이지."

가스리가 말했다.

"엄마도 좀 배워."

미네코가 가스리 쪽으로 고개를 돌리고 말했다.

"어머머, 얘 좀 봐? 엄마 아직 인기 많아. 그러니까 걱정 마."

가스리가 절을 하듯 허리를 푹 꺾으며 대꾸했다.

"네, 잘 알아 모시겠습니다."

미네코가 한숨을 내쉬고는 말했다.

"너, 밖에서도 그런 식으로 어른들을 놀리니?"

가스리가 비꼬듯이 말했다.

"어머, 그거 몰랐어, 엄마? 아저씨들한테 얼마나 인기가 좋은데."

"누가?"

"나."

미네코는 점점 더 어이가 없어졌다.

"얘 말하는 것 좀 봐."

"왜 그런지 알아?"

"…."

"엄마를 안 닮으려고 노력하기 때문이야."

"너랑 입씨름하기 싫어."

미네코는 이렇게 대꾸하고 개수대로 얼굴을 돌렸다.

"엄마, 히로미 아줌마 말이야."

가스리는 오늘따라 말수가 많았다.

"고양이 마니아이긴 하지만, 되게 냉정해. 나더러 고양이 키우는 사람을 조심하랬어."

"조심하라니?"

"허영심과 욕심 있는 사람이 많대."

"…."

"고양이를 대회에 내보내 상 받을 생각만 한다고."

"아무래도 가치가 높아지니까."

"바로 그런 사람들이 1년에 세 번씩이나 새끼를 낳게 하며 고양이를 학대한댔어."

"뭐 그런 사람도 있겠지."

미네코가 말했다.

"히로미 아줌마는 동물 애호 정신을 내세우는 사람일수록 가짜가 많다면서, '정말 미워. 그치, 가스리?' 하더라고. 진짜 되게 귀여워."

"얘가 지금 누구더러 귀엽대?"

가스리는 능청스레 대꾸했다.

"아이, 뭘 그래?"

그러고는 짐짓 타이르는 듯한 투로 말했다.

"아이들이 귀엽다고 생각하는 어른이 좋은 어른인데, 엄마는 도대체가 그런 맛이 없어."

그때 뽀뽀가 가냘픈 소리로 울었다.

"어머, 얘 좀 봐. 자기 얘기를 하는 줄 아나 봐."

가스리는 뽀뽀를 불러 목을 쓰다듬어 주었다.

미네코는 그제야 설거지를 마치고 손을 닦으며 가스리 쪽으로 다가왔다.

"네 빈정거림에는 벌써 익숙해졌다만, 아이들한테 귀여워 보이는 어른은 대체 어떤 사람이니?"

가스리가 툭 내뱉듯이 말했다.

"억지 쓰지 않는 사람, 바보 같은 사람."

"그럼 나는 억지 쓰는 사람이고 바보 같지 않은 사람이니?"

"뭐 그렇지."

"그렇게 귀여운 어른을 예를 들면?"

"아빠."

"만조 씨라고? 흠, 만조 씨는 훌륭한 사람이잖아."

미네코가 식탁 앞에 앉으며 말했다.

"맞아."

"네가 말하는 자격에 들어맞지 않는 것 같은데?"

고양이 두 마리가 그제야 먹이를 다 먹고 입가를 싹싹 핥으며 가스리의 얼굴을 올려다보았다.

가스리는 먹이통을 들고 개수대 앞에 섰다. 수돗물을 세게 틀면서 조금 화난 듯이 말했다.

"하지만 아빠 역시 바보 같은 사람이야."

미네코는 "어머나?" 하는 얼굴을 했다.

"아빠, 아키코 씨랑 결국 헤어졌어."

"만조 씨의 새 애인 말이야?"

"응."

가스리는 고양이 먹이통을 거칠게 씻었다.

미네코가 조심스레 물었다.

"너, 아키코라는 사람한테 호감을 갖고 있었나 보구나?"

"정말로 좋은 사람이었어. 이런 말 하면 엄마한테 좀 미안하지만, 둘은 되게 잘 어울렸는데."

미네코가 말했다.

"별로 미안해할 것 없어."

가스리가 비꼬듯이 말했다.

"뭐, 그럴지도 모르지."

"그런데 그게 왜 멍청하다는 거니?"

가스리가 말했다.

"아빠는 세상을 편하게 살지 못해. 똑똑한 것 같으면서도 항상 손해를 본단 말이야."

미네코는 나직이 한숨을 내뱉고는 생각에 잠긴 눈을 했다.

"아무리 슬퍼도 아빤 절대로 그걸 남한테 보이지 않아. 그게 매력이기도 하지만."

"너, 늘 그렇게 만조 씨를 유심히 관찰하니?"

미네코가 물었다.

"관찰하는 게 아니라 느끼는 거야."

가스리는 뾰로통하게 대꾸하고는 밉살스레 덧붙였다.

"솔직히 나, 엄마는 조금 관찰하긴 해."

미네코가 일어서며 말했다.

"이래서 여자는 싫어."

미네코는 찬장에서 양주 한 병을 꺼냈다.

가스리가 의자에 앉으며 말했다.

"엄마, 요즘 너무 많이 마시는 거 아냐? 여자 혼자 술 마시는 거, 청승맞아."

미네코가 집게손가락을 살짝 튕겨 가스리의 이마를 톡 쳤다.

"꼭 시집살이하는 것 같아. 아무튼 너는 차별이 너무 심해. 때때로 '아빠 지금쯤 혼자 술을 마시고 있겠지' 하며 남자 혼자 술 마시는 건 낭만으로 생각하는 애가, 왜 여자 혼자 술 마시는 건 청승맞다는 거야?"

가스리가 빈정댔다.

"남자에다 아빠 이름을 넣고, 여자에다 엄마 이름을 넣어봐."

미네코는 가스리의 얼굴을 빤히 보며 "얄, 미, 워" 하고 똑똑 끊어 말했다.

가스리는 전혀 기죽지 않았다.

"있잖아, 내가 좀 차별을 하는 건."

가스리가 술병을 집어 들었다.

"뭐 하려고?"

"나도 좀 마시려고."

"그만둬. 나이도 어린 게."

가스리가 대뜸 볼멘소리로 말했다.

"또 시작이다, 또. 엄마는 걸핏하면 이런다니까. 아빠는 나랑 술 마실 때가 가장 행복하다는데."

미네코는 조금 맥 빠진 얼굴을 했다.

"딸이랑 술 마실 때가 가장 행복하다는 말은 엄마로서 차마 못 하겠네요."

"자식한테 술을 먹이고 행복해하는 바보 같은 부모가 나는 좋아."

가스리는 미네코한테서 술잔을 빼앗아 호박색 액체를 조금 따랐다. 그러고는 "자, 엄마" 하고 미네코에게 건넸다.

"걱정 마, 난 안 마실 거니까. 이따가 공부해야 돼."

듣던 중 반가운 소리라면서 미네코가 술잔을 받아 들었다. 한 모금 마시고는 말했다.

"공부하러 가기 전에, 남자랑 여자가 헤어지는 게 왜 바보 같은 짓인지 가르쳐 줄래?"

"어유, 정말."

가스리가 콧잔등에 주름을 모으며 말했다.

"아빠랑 아키코 씨 얘기지?"

"그래."

"보통 바보라고 하면, 어리석은 실수를 저지르는 사람을 말하잖아. 물론 아빠가 그런 사람이라는 건 아냐. 다만 자신의 뜻을 이루는 것을 성공이라고 한다면, 아빠는 성공을 두려워하는 구석이 있다는 거야. 아빠는 눈 한번 질끈 감는 것도 못 하는 사람이야. 틀림없어."

미네코는 나직이 한숨을 내쉬었다.

"엄마는 곧잘 고양이는 사람의 감정을 읽는다고 했지? 차푸는 엄마랑 아빠, 엄마랑 구니오 아저씨의 관계를 죽 지켜봐 왔으니까, 뭣하면 차푸한테 물어보면…."

"정말, 어이가 없네."

미네코는 나직이 중얼거렸다.

두 번의 결혼 실패를 이토록 냉정하게 바라보고 있는 딸에게 미네코는 아무런 할 말이 없었다.

미네코가 진지하게 물었다.

"넌 만조 씨가 좋은가 봐?"

가스리는 건방진 투로 말했다.

"난 아빠 같은 사람이 좋아. 성공만 하며 사는 사람은 얄밉기만 해."

"그럼, 나도 너한테 사랑받을 자격은 있는 셈이네?"

"엄마, 삐쳤어?"

가스리가 미네코의 얼굴을 들여다보며 물었다.

"엄마가 구니오 아저씨한테 차였을 때, 내가 엄마 많이 사랑해 줬잖아?"

"눈물 나게 고맙구나" 하고 미네코가 말했다.

"너, 오늘 유난히 말이 많은 걸 보니까 무슨 좋은 일이라도 있었나 보다."

"좋은 일이 있을 게 뭐야? 그저 이혼 가정의 딸이 혼자 꿋꿋하게 살아가고 있는 거지."

가스리는 휙 돌아서서 마실 것을 가지러 냉장고 쪽으로 갔다.

"그런 말을 하거나 들어도, 서로 상처받지 않게 된 것만도 다행이라고 생각해야겠지."

미네코는 지쳤다는 듯이 그렇게 말하고, 텔레비전을 켜려고 했다.

"엄마, 텔레비전 켜지 마. 말동무해 주고 있는데."

"말끝마다 저렇게 생색일까?" 하고 미네코는 중얼거렸다. 문득 할 말이 궁해진 미네코가 물었다.

"너, 요즘 남자 친구랑은 잘돼 가니?"

그러자 음료수가 담긴 컵을 들고 돌아온 가스리가 불쑥 얼굴을 들이대고는 말했다.

"엄마는 요즘 새 애인이랑 잘돼 가?"

사내는 미안하다고 말하면서 가스리에게 봉투를 건넸다.

"내일 뉴욕으로 떠나야 해서, 은행 일을 볼 여유가 없었어."

"너무 신경 쓰지 마. 나, 안 그래도 아빠가 보고 싶었는걸."

가스리가 봉투를 테이블 바 위에 올려놓자, 사내가 가방에 넣어 두라고 일렀다.

가스리가 다시 봉투를 집어 들었다.

봉투에 눈길을 주며, 가스리가 말했다.

"이런 걸로 아빠랑 내가 이어져 있다고 생각하면 슬퍼져."

사내가 말했다.

"가슴 아픈 말은 하지 말자꾸나."

가스리는 조금 당황해서, "마음과 마음이 이어져 있는 건 빼고 말이야" 하고 덧붙였다.

"네 엄마랑 같이 살더라도 살림은 꾸려야 하니까 어차피 똑같은 거야."

가스리가 조그맣게 말했다.

"미안해, 아빠."

테이블 바 너머에서 요리사가 물었다.

"손님, 어떤 것부터 하시겠습니까?"

"흰 살부터 할까? 넙치로 줘요. 가스리는 뭘로 할래?"

"난 성게."

"넙치와 성게, 알았습니다!"

요리사가 기운차게 말했다.

"아빠, 뉴욕에는 얼마나 있을 거야?"

"한 2주쯤? 개인전이 열리는 동안만이야. 곧 돌아올 거야."

가스리가 새삼스레 말했다.

"아빠. 축하해요."

사내는 쑥스러워했다.

"아이고, 이러지 마."

"하지만 뉴욕에서 개인전을 연다는 건 대단한 일이잖아. 아빠의 판화 작품이 세계적으로 인정받았다는 뜻이니까."

"딸한테 그런 소리를 들으니까 어쩐지 기분이 이상한걸."

"왜?"

"회화의 세계만 그런 건 아니지만, 표현하는 일을 하는 사람들에게 자신의 작업이 남들이나 세상의 인정을 받는 것은 더없이 기쁜 일이지. 그러나…."

그때 "손님, 넙치와 성게 나왔습니다!" 하는 소리와 함께 주문한 음식이 둘 앞에 놓였다.

사내가 먼저 생선 초밥을 입안 가득 넣고 톡 쏘는 고추냉이의 맛을 느끼면서, 가스리에게도 어서 먹으라고 두세 번 손을 까닥였다.

가스리는 능숙한 젓가락질로 성게알 초밥을 집어 알을 떨어뜨리지 않고 간장에 찍어서 조심스럽게 입에 넣었다.

둘은 한동안 음식을 씹어 가까스로 삼키고서야 한시름 놓았다는 얼굴로 서로를 바라보며 부드럽게 웃었다.

"생선 초밥은 너무 콧대 높은 음식 같아. 먹는 사람 사정은 도통 아랑곳하지 않거든."

가스리는 후후후 웃었다.

"그래서, 아빠?"

"가만 있자, 무슨 얘기를 하고 있었더라?"

"'남들에게 인정받는 건 기쁜 일이지. 그러나…' 하고 아빠가 말했잖아."

"아, 그렇지" 하고 사내가 말을 이었다.

"만드는 쪽은…."

"예술가 말이야?"

"제 입으로 예술가라고 하기가 좀 낯간지러워서."

"아빠 마음, 알 것 같아."

"작품의 가치와 세상의 평가는 본질적으로 관계가 없다고 생각하지 않으면 타락한다는 말을 하고 싶었어."

가스리는 "흐음" 하고 말하면서 사내의 말을 곱씹고 있는 듯했다.

"아빠가 전에도 말했지? 작품이란 농부가 조금씩 땅을 갈 듯이 자기 속에 있는 것을 조금씩 조금씩 곱씹은 끝에 형태를 부여한 것이라고. 한결같은 마음으로 몰두한 작품에는 탐욕스러운 계산 따위가 있을 리 없지."

"응."

가스리는 아직도 생각에 잠겨 있다.

"예술이라는 것, 특히 회화는 아이들의 놀이와 똑같은 거라고 보면 돼. 나는 그렇게 생각해."

"천진난만하게 노는 거?"

"음, 비슷해. 누가 억지로 시키거나 어른의 다른 목적이 없다면, 흙장난을 하는 아이들은 얼마나 즐겁겠니."

"응."

가스리는 이번에는 힘주어 고개를 끄덕였다.

"그렇게 놀다 보면 뭔가가 만들어지는 거야. 그것은 자기가 예뻐하는 강아지일 수도 있고, 마음 가는 대로 표현한 추상적 형태일 수도 있겠지. 우리는 그것을 보고 아주 멋지다고 말하지. 하지만 만약 어린아이가 욕심이 있어서 똑같은 것을 만들어 내려고 한다면, 그 아이는 두 번 다시 즐거운 기분을 맛보지 못할 거야."

"그렇구나."

가스리는 한숨을 내쉬듯이 말했다.

"그래서 예술은 가르치려 들면 오히려 실패하는 경우가 많지."

"응, 맞아."

"녀석, 어지간히도 힘주어 끄덕이네."

"그거 아는구나, 아빠도?"

"알다마다. 요즘 아이들이나 학생들은 별로 행복해 보이지 않으니까."

가스리가 큰 소리로 말했다.

"학교는 모든 악의 근원이야!"

주위의 손님들이 가스리를 보고 싱글싱글 웃었다.

사내가 부끄러운 듯이 말했다.

"인마, 그렇게 갑자기 큰 소리를 지르면 어떡해?"

사내가 초밥 하나를 집어 들며 말을 이었다.

"어쩌다 이런 이야기가 나왔지?"

"네가 축하한다는 말을 해서 나온 거잖아."

"아, 맞다."

가스리도 젓가락을 들었다.

"너무 민망해. 자식한테 그런 말을 들으면."

"역시 아빠는 예술가야."

"왜?"

"아빤 뭐든 부끄러워하잖아. 보통 사람들은 칭찬을 들으면 으쓱해하지만, 아빤 부끄러워해. 어쩔 줄을 모르고 당황해하잖아."

사내는 쓴웃음을 지었다.

"녀석, 소설가라도 될 셈이냐?"

"소설가는 너무 귀찮아."

"꼭 소설을 써 본 사람처럼 말하는구나?"

"에이, 설마. 소설을 읽는 건 좋지만, 소설가는 또 다른 인생을 살아야 하니까 너무 힘들 것 같거든. 젊은 사람이 소설을 쓰면 그 사람 인생이 너무 복잡해질 것 같아."

사내는 딸을 놀려 줄 셈으로 말했다.

"젊은 작가도 있어."

"그런 사람은 병적으로 머리가 좋거나 둔하거나 둘 중 하나일 거야."

사내가 말했다.

"너하고 결혼했어야 하는데."

"무슨 뜻이야?"

"절대로 지루하지 않을 테니까."

가스리가 김빠진 목소리로 말했다.

"쳇, 뭐야?"

"'쳇, 뭐야'는 무슨 뜻이지?"

가스리는 어리광을 부리듯이 말했다.

"아이, 몰라."

"좋은 여자라는 말이라도 듣고 싶은 거야?"

가스리가 짐짓 뾰로통하게 대꾸했다.

"당연하지."

"할 말이 없구나."

사내는 중얼거리며 술을 홀짝였다.

"네 말을 들으니까 생각났는데, 한때 폭주족이었다는 친구는 잘 있냐?"

"우에노 말이야?"

"이젠 남자 친구가 아니고?"

"엄마도 되게 신경 쓰더라?"

가스리가 두 번째 초밥을 주문했다.

"아저씨, 여기, 참치 초밥 주세요."

요리사가 말했다.

"아저씨라니 너무하네. 이제 겨우 서른 안팎인데. 안 그렇습니까, 선생님?"

"이 또래 아이들한테 우리는 모두 아저씨죠."

"섭섭하군요."

가스리가 재깍 끼어들었다.

"하지만 난 중년을 좋아하니까 너무 섭섭해하지 마세요."

"아이고, 그렇습니까!" 하고 요리사가 반가운 듯이 말했다.

"좋아요. 다음은 뭘 하시겠습니까? 뭐든 말씀만 하세요."

가스리는 생긋 웃고는 "참치 달랬잖아요" 하고 말했다.

요리사가 시원시원한 목소리로 말했다.

"좋습니다. 꼭꼭 숨겨 놓은 최상품으로 내 드리죠, 아가씨."

"아빠, 우에노 말이야."

"응."

"여전해."

"여전하다니?"

"그냥 그대로라고."

"그래?"

사내는 술잔을 비우며 말했다.

"가만있자, 그때 뭐랬더라? 몇 번이나 자살을 하려 했던 여자아이한테 다시는 안 그러겠다고 약속하면 각시 삼겠다고 말했다고 했나? 그 아이가 자기 여자 친구라고?"

가스리는 조금 차갑게 말했다.

"맞아."

"마침 내가 아키코와 헤어진 무렵이었지. 그때 너는 분명히 아빠를 닮은 것 같다고 했지?"

"아빠, 기억하고 있어?"

"암, 기억하고 있지. 그런데 그때 네 눈물은 아빠를 위한 거였니, 너를 위한 거였니? 좀 잔인하긴 하지만 꼭 물어봐야 할 것 같은데."

사내가 즐거운 듯 말하자, 가스리가 오른쪽 어깨로 사내의 몸을 툭 쳤다.

"아빠, 요즘 성격이 좀 나빠진 것 같아."

"글쎄다, 그런가?"

"그런 얄미운 말을 하는 사람은 엄마 하나로 족해."

"인마, 그런 말 하면 못써."

그때 참치 초밥이 나왔다. 사내도 같은 것을 주문했다.

"아빠."

"음."

"나, 그때 슬펐지만, 많이 많이 행복했어."

"음."

"나도 마찬가지란다."

사내는 쑥스러운 듯이 말했다.

"아빠."

가스리가 착 가라앉은 목소리로 사내를 불렀다. 사내는 뭔가를 예감하고, 조심스런 목소리로 무슨 일이냐고 물었다.

"혹시 아키코 씨한테 편지 안 왔어?"

사내는 한동안 말이 없었다.

그저 술잔을 비우고는 희미한 미소를 지으며 가스리의 이마를 톡 쳤다.

가스리가 소년과 병원에 가는 것은 이번이 세 번째다.

"인마, 너 무지하게 별나다."

소년은 번번이 그렇게 말했고, 가스리는 소년의 말에 익숙해졌다.

아무리 화를 내도, 억울하면 자기처럼 '인마'라고 부르라며 귓등으로 흘려 버린다.

"우에노."

"뭐?"

"너랑 사귀는 거, 다들 알아."

"어" 하고 소년이 대답했다.

가스리가 조그맣게 말했다.

"남자랑 여자가 같이 우산을 쓰고 있는 그림 밑에 '오사카에서 온 불량배와 가스리'라고 써 있더라."

"나도 봤어."

"쳇, 나는 이름도 없는 줄 아나?"

가스리가 제법 심각한 목소리로 말했다.

"우에노, 그런 거 기분 나빠?"

"너야말로 기분 나쁘겠지."

소년의 목소리는 태평스럽기만 하다.

"문제아와 우등생이 사귀는 게 재미있어서 그 야단인가?"

소년이 "아얏!" 하고 펄쩍 뛰듯이 물러서서 말했다.

"인마, 제발 좀 꼬집지 마! 하여튼 힘 조절도 안 하고 마구비튼다니까."

소년은 투덜거리며 아픈 데를 싹싹 비볐다.

"우에노."

"왜, 인마?"

"어머니, 곧 퇴원하시지?"

"어차피 금세 도로 병원으로 돌아갈 텐데, 뭐. 알코올 중독은 재발하기 쉬우니까."

"알코올 중독은 편견 섞인 말이라며?"

소년이 익살스레 말했다.

"아, 예에. 알코올 의존증입죠."

"어머니가 퇴원하시면 같이 살 거야?"

"쳇, 그런 아줌마하고 누가 같이 산대? 알코올 중독 나으면 바로 전쟁이야."

"부모는 적이고, 적한테 진 빚을 갚기 위해 간호하고 있을 뿐이야…. 그렇지?"

"뭐든."

가스리는 묘한 대목에서 으스대는 소년이 사랑스럽게 느껴졌다.

가스리가 혼잣말처럼 말했다.

"엄마가 미운 만큼 엄마를 사랑하는 걸까? 나처럼?"

"인마, 끔찍한 소리 집어치워. 너하고 나는 처지가 달라. 난 봉꾼 아버지에 알코올 중독자 어머니를 둔 자식이 그런 감상에 빠질 여유가 있는 줄 알아? 멍청하게 있다가는 목숨도 부지하기 힘든 판에."

가스리가 힘주어 말했다.

"너는 네 방식으로 어머니를 사랑하는구나."

"인마…."

소년이 가스리 쪽으로 고개를 돌렸다.

"세상에서 제일 메스꺼운 말이 사랑한다는 말이야."

"흥, 그래?" 하고 가스리는 쌀쌀맞게 대꾸했다.

"너는 아무도 사랑하지 않아? 그렇게 생각해?"

"아암, 당연하지."

"어쩜 넌 그런 걸로 잘난 척을 하니? 당연하긴 뭐가 당연해?"

"내가 언제 잘난 척했다는 거야, 도대체 너하고 얘기하고 있으면 골치가 아파. 우등생하고는 말이 안 통한다니까."

가스리가 오른손을 뻗자, 소년이 허둥지둥 내뺐다.

"아무튼 못 말려" 하고 가스리는 중얼거렸다.

"얘기할 게 있으니까, 이쪽으로 와."

꼬집지 말라고 당부하면서 소년이 가스리 옆으로 다가왔다.

"우에노, 사람은 혼자 살아갈 수 없어. 세상 어느 누구도. 얼마나 많은 사랑을 받고 있는지는 알 수 없지만, 살아 있는 한 누구한테든 사랑받고 있어."

"무지하게 낙천적이네. 그거야 네 생각이고. 아무한테도 사랑받고 있지 않다는 생각 때문에 삶의 에너지가 솟는 인간도 있다고."

"아이 참, 그렇지 않다니까."

가스리는 애가 타는 듯 발을 동동 굴렀다.

"사람은 누군가에게 사랑받지 않으면 결코 살아갈 수 없어. 부모 자식이나 친구 같은 다양한 인간관계에서 다툼이 일어나는 건 저마다 상대방을 더 나은 방법으로 사랑할 수 있는 길을 찾고 있기 때문이야. 우에노, 그렇게 생각하지 않니?"

"너, 되게 재미있다."

소년은 어이없다는 듯이 말했다.

"너, 평소에는 무지하게 냉정하잖아. 쌀쌀맞은 말로 선생들 열받게 만들면서, 나 같은 놈한테는 왜 화를 내는 거야?"

"우에노는 뻣뻣한 휴지야."

"그게 무슨 말이야?"

"아무리 비벼도 부드러워지지 않으니까."

소년이 말했다.

"야, 그거 좋은데? 뻣뻣한 휴지라, 아주 좋아. 부드러운 휴지처럼 호락호락할 수야 없지."

"어유, 얄미워."

가스리가 뾰로통해져서 쏘아붙였다.

둘은 병원 정거장보다 한 정거장 앞에서 내렸다. 가스리가 일찍 내려서 걸어가자고 했던 것이다.

거기서부터 벌써 삼삼오오 병원으로 가는 사람들이 꽤 보였다.

"우에노."

"왜?"

"만약 사랑하는 사람이 생기면, 넌 어떻게 사랑 고백을 할 거야?"

"어떡하긴 뭘 어떡해? '내가 너, 사랑 안 하나!' 하면 되지."

갑자기 가스리가 자기 몸을 소년의 몸에 툭 부딪쳤다. 소년은 비틀거리며 "인마, 왜 이래?" 하고 말했다.

가스리가 따져 물었다.

"놀린 거지?"

"뭘?"

"라면 광고 흉내로 날 놀렸잖아?"

"바보, 알지도 못하면서 덮어씌우긴."

소년이 투덜거렸다.

"인마, 사투리도 잘 모르면서 멋대로 넘겨짚지 말라고. 그 말이 얼마나 절절한 표현인데. 표정 보면 몰라? 그 남자, 자기가 출연한 광고 보고 아마 울었을걸?"

가스리는 소년의 얼굴을 보았다.

"사랑 안 하나, 사랑 안 하나….."

가스리는 스스로를 이해시키려는 듯 그 말을 입속으로 천천히 되뇌었다. 그리고 마지막으로 흐음 하고 탄성음을 흘렸다.

여느 때와 다름없이 소년은 접수창구를 거치지 않고 곧장 병실로 갔다.

소년의 어머니는 침대 위에 일어나 앉아 있었다. 둘의 모습을 보자 왠지 허둥거렸다.

소년이 말했다.

"왜 그래, 누워 있지 않고?"

"얘야, 저….."

소년이 모질게 말했다.

"뭐, 좀 살 만하니까 또 술 마시겠단 말을 하려고?"

가스리가 밝게 인사했다.

"아줌마, 안녕하셨어요?"

"늘 고마워요. 이런 애를 이렇게…."

소년의 어머니는 애써 웃어 보이고는 아들에게 말했다.

"이제 약은 안 먹으니까. 봐, 건강해졌지?"

가스리는 어쩐지 안쓰러운 마음이 들었다.

"아줌마, 맨 처음 뵈었을 때보다 안색이 많이 좋아지셨어요. 목소리도 원래대로 돌아오신 것 같은데요?"

"그래요? 정말 고마워요. 약은 더 안 먹어도 된대요."

약을 안 먹어도 된다는 사실이 매우 기쁜 듯, 소년의 어머니는 같은 말을 되풀이했다.

소년이 끼어들었다.

"다음은 술이겠지."

가스리가 소년을 노려보았다.

"우에노."

소년의 어머니가 힘없이 웃어 보이며 말했다.

"원래 이런 애니까."

뭔가에 쫓기듯이 소년의 어머니가 말했다.

"이제 그만 가 봐야지?"

'응, 이상한걸?' 하고 가스리는 생각했다. 소년도 그렇게 느꼈는지 대뜸 물었다.

"무슨 일이야?"

바로 그때 한 소녀가 병실로 들어왔다. 소녀는 둘의 모습을 보더니 문 앞에 멈춰 섰다.

소년의 어머니가 허둥지둥 말했다.

"저기, 말이다."

소년이 지그시 소녀를 바라보았다.

소년이 중얼거렸다.

"뭐야? 이게 어떻게 된 거야?"

소녀가 가스리 쪽을 본 것은 아주 짧은 찰나였기에 가스리는 소녀의 표정을 읽을 수 없었다. 머리가 길고 키가 크다는 인상을 받았을 뿐이다.

"나쓰코, 이리 온."

소년의 어머니가 소녀를 불렀다. 한없이 상냥한 목소리였다.

소녀는 일부러 그러는 게 아닐까 싶을 만큼 위태로운 발걸음으로 비틀비틀 다가왔다.

소년이 물었다.

"여긴 언제 왔어?"

소녀는 여전히 고개를 푹 숙이고 있다.

"오늘… 왔어."

가까스로 말을 잇고 있는 듯한, 병적일 만큼 가냘픈 목소리였다.

"오늘 왔어? 인마, 너 대체 무슨 생각 하는 거야?"

소년의 목소리에 화가 잔뜩 배어 있었다.

가스리의 등줄기로 차가운 것이 흘렀다.

"얘, 무슨 말을 그렇게 하니."

소년의 어머니가 나무랐지만, 소년은 여전히 소녀를 노려보았다.

소녀는 고개를 숙인 채 들고 있던 담배를 소년의 어머니에게 내밀었다. 심부름을 다녀온 모양이었다.

소녀는 꾸중 들은 아이처럼 꼼짝도 하지 않고 가만히 한 곳을 바라보고 서 있었다.

소년이 퉁명스레 소녀를 소개했다.

"전에 말한 그 녀석이야."

가스리가 인사를 건넸다.

"만나서 반가워."

소녀는 아주 살짝 고개를 까닥였다.

속이 비칠 듯 창백한 피부였다. 고개를 숙이고 있어서 잘 알 수는 없었지만 가늘고 기다란 눈은 어딘지 모르게 쓸쓸해 보였다.

소년의 어머니가 말했다.

"나쓰코도 퇴원했다는구나. 마쓰도에 친척이 있는데, 바람도 쐴 겸 얼마간 거기에 머물 거래."

'그게 나하고 무슨 상관이야?' 하는 표정으로 소년이 말했다.

"너 인마, 나 믿고 온 거지?"

"…."

"남한테 기대면 병이 안 낫는다고, 내가 몇 번을 말했어?"

"…."

"마쓰도에 있는 친척 집인가 뭔가에는 너 혼자 가. 거기 생활에 대충 익숙해진 뒤에 나나 이 아줌마가 보고 싶으면 전화를 해. 누구를 만나러 올 때는 먼저 그쪽 사정을 물어보는 거야."

"…."

"당연한 걸 당연하게 하란 말이야. 병은 동정이나 약으로 낫지 않아. 인마, 착각하지 말라고."

병실에 있던 다른 환자들이 일제히 소년을 보았다. 소년은 아랑곳하지 않았다.

소년이 가스리에게 말했다.

"야, 가자."

가스리는 말없이 소년의 얼굴을 보았다. 소년의 말에 따를 생각은 조금도 없다.

"얘…."

가냘픈 목소리로 소년의 어머니가 말했다.

"일부러 오사카에서 먼 걸음을 한 아이야."

소년은 가차없이 말했다.

"누가 일부러 오사카에서 오래? 그리고 어디서 오든 일부러 오지, 우연히 오나?"

"마쓰도까지 바래다줘라."

"내가 미쳤어?"

소년은 매정했다.

가스리가 소녀에게 물었다.

"저, 마쓰도까지 혼자 갈 수 있겠어요?"

소녀는 대답이 없었다.

"인마, 사람이 뭘 물으면 대답을 해야 할 거 아냐."

"우에노."

가스리가 또다시 소년을 노려보았다.

"지하철이 편리하니까 지하철역까지 같이 갈래요?"

소녀가 아주 살짝 고개를 끄덕인 듯했다.

"아줌마, 제가 역까지 바래다줄 테니까 너무 걱정 마세요."

소년의 어머니가 두 손을 모으며 말했다.

"미안해요. 가엾은 아이니까 잘 부탁합니다."

소년이 또다시 악담을 퍼부었다.

"가엾은 아이는 당신하고 나 아니야? 지금 남의 집 자식한테 가엾다고 말할 처지가 아닐 텐데. 이 아줌마 진짜 정신 못 차리는군."

소년의 어머니가 말했다.

"마쓰도에 있다는 친척 집 주소와 전화번호는 이 애가 갖고 있어요."

소녀가 발작을 일으킨 것은 신오차노미즈역에서였다.

소녀는 땅속으로 끝없이 내려갈 것 같은 긴 에스컬레이터를 탔을 때 정신적 불안감이 극에 달한 듯했고, 에스컬레이터에서 내리자마자 몸을 부르르 떨며 바닥에 주저앉고 말았다.

몸이 굳어진 소녀는 소년과 가스리가 번갈아 말을 걸어도 들릴 듯 말 듯 한 가느다란 목소리로 대답할 뿐 거의 의식을 잃은 듯했다.

가스리는 덜덜 떨기 시작했다.

소년은 난처한 듯 혀를 찼다.

"무서워."

가스리의 몸이 기우뚱 옆으로 넘어갔다. 소년이 가스리를 오른팔로 꽉 감싸안았다. 가스리는 여전히 떨고 있었다.

"아저씨, 미안한데요, 역무원한테 말 좀 해 줄래요? 환자가 있다고요."

소년이 지나가는 사람에게 부탁했다. 사람들은 그저 꺼리는 듯한 눈빛으로 바라볼 뿐, 총총걸음으로 사라졌다.

소년이 분통을 터뜨리며 으르렁거렸다.

"이것들아! 그러고도 인간이냐!"

이윽고 역무원 두 사람이 달려왔다. 누군가가 연락을 한 모양이었다.

"구급차를 불러 줄까?"

소년이 손을 내저었다.

"택시 타는 데까지만 좀 도와주세요."

그것만 도와주면 되겠느냐고 역무원이 걱정스레 물었다.

가스리가 가냘픈 목소리로 물었다.

"병원으로 갈 거야?"

소년이 대답했다.

"발작이니까 끝나기를 기다리는 수밖에 없어."

택시 운전사가 어디로 가냐고 묻자, 소년의 얼굴이 침울해졌다.

소년이 가스리를 보며 물었다.

"어디로 갈까?"

가스리는 택시 운전사에게 자기 집 주소를 대고는 눈을 감고 등받이에 깊숙이 기댔다.

"죄송합니다."

소년이 말하자 미네코가 상냥하게 말했다.

"아니에요, 신경 쓰지 말아요. 정말 고생 많았겠어요."

소년은 가스리네 집 빈방에 소녀를 뉘었다.

소녀를 방으로 옮길 때, 소년은 방 창문을 유심히 살폈다. 미네코가 왜 그러냐고 묻자, 발작적으로 뛰어내릴 때가 있기 때문이라고 대답하고는 미안하단 말을 덧붙였다.

소년은 거의 10분 간격으로 소녀를 보러 갔다.

"피곤하겠다. 브랜디라도 좀 데워 줄까요?"

소년이 당황하며 말했다.

"괜찮아요, 아줌마. 괜찮아요."

"브랜디에 꿀을 조금 타 먹는 건 괜찮아요. 피로가 풀릴 텐데, 어때요?"

물을 끓이며 미네코가 말했다.

"가스리한테서 학생 얘기 듣고, 꼭 한번 보고 싶었어요."

"네."

소년의 얼굴은 침울했다.

"우리 애가 좀 건방지죠? 말하는 것만 들으면 벌써 어른이지."

"신랄한 데가 있어요."

미네코가 말했다.

"가스리, 불러 줄까요?"

미네코는 물론 가스리가 제 방에서 내내 울고 있는 것을 알고 있었다.

"가스리!"

미네코가 꽤 큰 소리로 가스리를 불렀다.

가스리가 얼굴을 내민 것은 10분이나 지나서였다.

가스리의 눈가가 아직도 빨겠다.

"우에노, 미안해."

소년이 가스리를 위로했다.

"다들 처음 보면 놀라니까."

미네코가 위로하듯이 말했다.

"어유, 못나 가지고."

"못난 걸 아니까 슬픈 거야."

가스리의 목소리에 힘이 쪽 빠져 있었다.

"마실래?"

"아니."

가스리는 직접 수도꼭지를 틀어 잔에 물을 받았다. 의자에
앉아 물을 몇 모금 마셨다.

가스리가 걱정스레 물었다.

"친구는 괜찮아, 우에노?"

"발작만 그치면 언제 그랬냐는 듯 괜찮아져. 사람들 많은
데서 발작하면 좀 고생이지."

가스리가 가까스로 목소리를 짜내듯이 말했다.

"힘들겠다."

"본인도 힘들겠지만, 주위 사람도 힘들긴 마찬가지일 거
야."

미네코가 말했다.

"가스리."

"응?"

"좀 전에 우에노 군이 마쓰도의 친척 집에 전화를 했는데…."

미네코가 목소리를 조금 낮추었다.

"놀러 와도 좋다고는 했지만, 며칠 묵어도 좋다는 말을 하지 않았다는 거야. 별로 반기는 기색이 아닌 것 같았어."

가스리는 이맛살을 찌푸렸다.

"그래서 지금 상태가 저렇다는 말은 꺼내지도 못했어. 우에노가 아까부터 기운이 빠져 있는 것도 그 때문이고."

소년이 거듭 죄송하다고 말했다.

"아까부터 내내 죄송하단 말만 되풀이하는데, 혼자 떠맡을 일이 아니라…."

"저는 남한테 신세지는 게 제일 싫습니다. 저 자신에게 무지하게 화가 나요."

"결벽증이 심하군요."

미네코는 감탄스럽기도 하고 어이없기도 한 모양이었다.

"가스리, 만조 씨가 뉴욕에서 돌아오는 날이 내일이지?"

"응."

"너, 마중 나가기로 했지?"

"응."

"이런 일은 만조 씨하고 의논해 보는 게 좋지 않을까?"

미네코가 눈을 찡긋해 보였다.

가스리의 표정이 밝아졌다.

그때 방에서 갓난아기가 우는 듯한 소리가 들려왔다.

세 사람은 얼굴을 마주 보고는 약속이라도 한 듯이 일제히 일어났다.

방 안으로 들어가자, 소녀가 자기 몸을 두 팔로 받치며 일어나려 하고 있었다.

"아유, 무리하지 않는 게 좋아요. 아무 생각 말고 푹 쉬어요."

소녀는 가냘픈 목소리로 띄엄띄엄 말했다.

"죄… 송… 해… 요."

"아직 무리야. 좀 더 쉬어요."

그래도 소녀는 일어나려고 했다. 미네코의 손을 잡고 가까스로 몸을 일으킨 순간, 마치 바닥에 내동댕이쳐진 젖은 걸레처럼 소녀는 그 자리에 푹 쓰러지고 말았다.

가스리는 공항 로비의 음식점에 있었다.

사내는 가스리의 이야기에 가만히 귀를 기울였다.

가스리가 말했다.

"아빠, 미안해."

사내는 웃었다.

"녀석, 미안하긴 뭐가?"

"원래는 오늘 아빠 개인전이랑 엄마가 교수 된 거 축하하기로 했잖아. 가스리가 주는 선물 같다며 엄마가 무지 좋아했단 말이야. 아빠랑 엄마가 이혼한 뒤로 셋이 다 함께 모이는 건 처음이었는데, 그게 물거품이 되어 버렸잖아."

"그건 그렇지만, 이렇게 생각할 수도 있지. 우리 세 사람의 즐거움을 고스란히 그 아이와 우에노한테 선물했다고 말이다."

"아빠가 그렇게 말해 주니까 너무 기뻐."

사내는 가스리의 어깨를 가볍게 토닥였다.

"참 이상한 게, 그런 병은 발작만 그치면 언제 그랬냐는 듯 괜찮아진대. 엄마하고 아주 잘 통하더라고."

"잘 통하는 게 아닐 거야."

사내가 말했다.

"네 엄마는 그 아이한테 아주 상냥하지?"

가스리가 대답했다.

"그런 것 같아."

"그 아이는 자기한테 잘해 주는 사람한테 의지하고 있는 거야."

"아빠, 되게 예리하다."

가스리가 말을 이었다.

"좀 그런가 봐. 그래서 우에노는 아예 엄격하게 선을 긋고 있지만."

"그렇겠지. 네 이야기를 들으면서 그럴 거라고 생각했다."

"거실에 같이 있어도, 그 애는 엄마하고만 얘기해. 자기는 혼자 그림책 만드는 걸 좋아한다거나, 아플리케라고, 색깔 천을 이어 붙여 거북이나 과일을 만들 때가 가장 마음 편하다는 얘기 같은 거."

사내는 빙그레 웃었다.

"우에노는 심드렁한 얼굴로 옆에 앉아 있고. 그게 우스워."

"눈에 선하구나" 하고 사내가 말했다.

"나이는 나랑 같아. 한 해 쉬어서 지금은 중3인데, 다시 학교에 다니고 싶어 해. 하지만 생각하는 거랑 실제 생활이 너무 차이가 나서 혼란스러워하는 느낌이랄까?"

"그건 무슨 뜻이냐?"

"그 애는 지금 꽤 심각한 병을 앓고 있잖아? 무슨 일을 하려고 해도 그 병 때문에 벽에 부딪힐 것 같은데, 현실에 대해서는 한마디도 하지 않아. 자신만의 세계를 갖고 싶다거나 빨리 독립해서 혼자 살고 싶다거나 하는 꿈같은 얘기만 하는걸."

"흐음."

"뭐랄까, 사람을 거부하고 있는 것 같아."

"음."

"그 애, 친척 집에도 못 가게 됐잖아. 그래서 엄마가 우리 집에 묵으라면서 집에 전화해서 허락을 받으라니까, 그 애가 뭐랬는지 알아?"

"뭐랬는데?"

"얽히기 싫대. 이상하지, 그런 말투?"

"음."

사내는 쓴웃음을 지었다.

"우에노나 내가 그런 말을 하면 또 모르지만. 물론 그 애 집에도 이런저런 복잡한 사정이 있을 테니까 그 애 마음도 이해해 줘야 한다고는 생각해. 하지만 어딘지 독선적인 느낌을 주는데도, 자기 자신은 전혀 깨닫지 못하는 걸 보면 좀 이상해."

사내가 말했다.

"남의 눈에는 이상하게 보일지 모르지만, 아빠는 그 애의 행동이 이해가 가는데. 그 애가 그렇게까지 깊은 병이 들었다는 것은 지금까지 세상으로부터 철저하게 소외당해 왔다는 뜻일 거야. 그 애를 홀로 서게 하려면 주변 사람들이 그 애가 의존적인 태도를 보일 때 엄격하게 대할 필요가 있겠지. 하지만 그 애가 병을 앓았다는 것 자체는 어디까지나 사회의 잘못이야. 그 애는 희생자야."

가스리는 말없이 생각에 잠겨 있었다.

"현실을 잊어버리는 것도, 혼자만의 세계에 틀어박히려는 것도, 그 애 처지에서 보면 어떻게든 자신을 지키려는 행동인 것 같구나."

가스리는 식은 홍차를 한 모금 마셨다. 제트기의 굉음이 한동안 둘을 휘감았다.

"아빠."

"응?"

"나, 아빠한테 설명해 주려고 그 애 이야기를 이것저것 한 거야. 그러니까 내가 그 애를 비난하려고 그런 식으로 얘기했다고 생각하진 마."

"음."

"세상에 그런 애가 있다는 것 자체가 나한테는 굉장한 충격이었고, 같은 열여섯 살이라도 서로 많이 다르다는 사실을 인정해야 한다고는 생각해. 자기하고 다르다고 해서 이러쿵저러쿵 말하는 게 얼마나 건방진 짓인지도 잘 알고 있고."

사내가 말했다.

"아빠는 너를 믿는다. 사람의 가능성은 아무도 알 수 없는 거란다. 누구에게나 가능성은 있다고 생각해."

가스리는 고개를 끄덕였다.

"다만, 아빠."

"…."

"우에노는 아니겠지만, 나는 결국 그 애한테 제삼자야. 나, 그 애한테 해 줄 수 있는 게 아무것도 없는걸. 우에노처럼 거침없이 말할 줄도 모르고, 같은 또래한테 엄마처럼 상냥하게 대하자니 좀 잘난 척하는 것 같고."

사내가 말했다.

"의식적으로 뭔가 하려고 할 필요는 없지 않을까? 너는 그냥 열심히 살면 돼. 필연적으로 어떤 일이 생긴다면, 그 애와 우에노가 그랬듯이 그 애와 네가 서로를 비춰 줄 수도 있겠지. 그렇지 않다면 그것도 어쩔 수 없는 일이고. 모든 것은 만남이라고 생각한다."

"응."

가스리는 고개를 끄덕였다.

"그런데, 가스리."

"응, 아빠?"

"그 애, 잠깐 나한테 맡겨 줄래?"

"응?" 하고 가스리는 놀란 얼굴을 했다.

"물론 그 애가 좋다고 하면 말이야."

가스리는 사내의 얼굴을 물끄러미 바라보았다.

소년의 어머니가 퇴원을 했다.

소년이 얹혀살고 있는 친척 집에서 한동안 머물게 되어, 가스리도 소년을 도와 이삿짐을 날랐다.

일을 마치고, 소년이 가스리를 역까지 바래다주었다.

"유치원이라…."

소년은 감탄한 듯 말했다.

"그러고 보니 그 녀석 어릴 때 꿈이 선생이었어. 학교 선생은 죄다 인간쓰레기라고, 너는 선생들한테 지긋지긋하게 시달렸으니 너 자신이 누구보다 잘 알지 않느냐고 했더니, 선생도 여러 종류가 있다며 입을 삐죽거리더라. 하긴 뭐, 맞는 말이지."

소년의 말투가 재미있어서 가스리는 쿡쿡 웃었다.

"무리하지 말고 몸과 마음의 상태를 봐 가며 하루에 한두시간이라도 아이들이랑 지내 보라고 아빠가 권한 모양이야. 아빠 친구분이 하시는 유치원인데, 비교적 자유로운 편이래."

"그림책이나 인형 만드는 걸 좋아하는 녀석이니까, 잘 맞을 수도 있겠다."

소년의 표정이 밝아졌다.

"요즘, 하긴 요즘이라고 해 봤자 겨우 사흘이지만 기분도 꽤 좋고 컨디션도 좋아 보인다고 아빠가 그러셨어. 나도 학교 끝나면 들르는데, 처음 봤을 때하고는 인상이 많이 달라졌어."

"너하고 말도 하냐?"

"응, 조금씩."

소년은 마음이 놓인다는 표정이었다.

"아빠가 방을 하나 내주셔서, 유치원에 가지 않을 때는 그 방에서 일기를 쓰거나 그림을 그리면서 마음 편히 지내나 봐. 잠은 유치원 기숙사에서 자지만, 유치원 선생님들도 친절해서 별로 불편해하지 않는 것 같고."

"발작은? 발작이 일어나면 다른 사람들이 힘들 텐데."

"유치원에서 한번 그런 일이 있었던 모양인데, 다행히 가볍게 지나갔나 봐. 게다가 아빠가 그러는데, 예전에 원장 선생님도 신경증을 앓은 경험이 있어서 어떻게 대처해야 하는지 아니까 걱정할 것 없대."

소년이 말했다.

"뭐야, 이거 일이 너무 술술 잘 풀리는 거 아냐?"

"늘 최악의 사태를 각오하고 있지 않으면 그 녀석은 상대할 수 없거든. 네 아버지나 그 원장이나 제법인걸?"

소년다운 말이었다.

"누구든 어쭙잖은 동정심으로 그 녀석을 도우려고 하면, 그 인간이 먼저 나가떨어져 버리니까."

가스리는 소년의 얼굴을 가만히 보았다. 어쩐지 소년의 말이 마음에 찔렸다.

"우에노."

"왜?"

"너무 뻔한 질문일지 모르지만…."

"뭔데?"

"왜 그 애한테 가 보지 않아?"

"도움을 줘서 좋을 때가 있고, 가만히 내버려두는 게 더 좋을 때가 있으니까. 인마, 다 알면서 왜 물어."

소년은 그렇게 대답했다.

가스리는 마음이 놓이는 얼굴이었다.

소녀가 가스리를 "가스리" 하고 부른 것은 함께 저녁 준비를 한 지 닷새째 되던 날이었다.

마침 사내가 물을 마시러 부엌에 왔다가 그 소리를 들었다.

"가스리."

"왜?"

가스리는 애써 아무렇지 않은 척 고개를 숙이고 있었다.

"가스리, 참 대단해."

"왜?"

가스리가 고개를 들었다.

"언제부터 아버지 저녁을 지어 주러 왔어?"

가스리는 난처해서 사내를 보았다.

사내는 아무 말도 하지 말라는 듯 온화하게 미소만 지었다.

"글쎄, 잘 모르겠어."

"그렇구나."

소녀는 낫토를 도마에 놓고 잘게 다졌다. 가스리는 참치 살을 네모나게 썰었다.

사내가 슬쩍 들여다보며 말했다.

"호오, 오늘은 참치낫토덮밥인가?"

소녀가 온 날부터 가스리는 사내의 집에서 저녁을 지었다.

가스리는 사내에게 아무 말도 하지 않았고, 사내 역시 가스리에게 아무것도 묻지 않았다.

저녁 준비가 끝나면, 가스리는 사내와 거의 이야기도 나누지 않고 곧장 가방을 들고 사내의 집을 나섰다.

사내는 가스리의 기분을 이해할 수 있었다.

같이 저녁을 준비하기는 했지만, 가스리가 소녀한테 그러자고 한 것은 아니었다.

가스리는 소녀와 눈이 마주치면 가볍게 웃을 뿐, 말을 걸지는 않았다.

이틀째 날에 가스리가 무를 썰고 있을 때, 소녀가 옆에 와서 도울 일이 없냐고 물었다. 그때 소녀는 정어리조림 만드는 일을 거들어 주었다.

그 뒤로 소녀는 가스리가 저녁 준비하는 것을 도왔다.

서로 이야기를 나누는 일은 거의 없었다. 사내한테는 둘 다 묵묵히 요리를 만들고 있는 것으로 비쳤다.

하지만 이날은 뭔가 조금 다르게 느껴졌다.

"가스리."

소녀가 두 번째로 말을 걸었다.

"응?"

"어떻게 그렇게 음식을 잘해?"

"어떻게?"

가스리는 이 말에도 대답하기 난처했다. 옆에 사내가 서 있었기 때문에 가스리는 사내에게 말을 걸듯이 대답했다.

"부모가 이혼한 덕분에 어쩔 수 없이 익숙해진 거 아닐까?"

사내는 하하하 하고 웃었다.

소녀가 언뜻 고개를 들어 사내의 얼굴을 보았다. 항상 눈을 내리깔고 있었기 때문에 그 동작이 눈길을 끌었다.

사내가 상냥하게 말했다.

"나쓰코, 맥주 한잔하고 싶은데 냉장고에서 명란젓 좀 꺼내 주겠니?"

가스리는 잠자코 있었다. 소녀가 냉장고를 열고 명란젓을 꺼내 접시에 조금 덜어 놓았다. 그리고 사내 앞에 놓았다.

"우리 집에서는 생선회도 일회용 접시에 담은 채로 그냥 먹는데."

사내는 "뭐?" 하고 되물었다가 "아, 그러니?" 하고 고쳐 말했다.

소녀가 자기 집 이야기를 꺼낸 것은 처음이었다.

소녀가 말했다.

"유치원에서는 나무 그릇을 써요."

"그런 것 같더군. 아이들이 쓰는 거니까 친환경 소재가 좋다고 생각하는 모양이야."

"하지만 툭하면 이가 빠지기 때문에 아무리 돈이 많아도 감당할 수가 없다고 원장 선생님이 푸념을 하셨어요."

사내가 웃었다.

소녀도 조금 웃었기 때문에 가스리는 조금 놀랐다.

"가스리, 그 유치원 알아?"

"아니" 하고 가스리가 대답했다.

"애들이 신나게 놀 수 있어."

"으응, 그래?"

"아무도 이래라저래라 하지 않고, 아무 방에나 들어가도 되고 말이야."

"요즘 그런 유치원 드물지 않아?"

"글쎄, 그건 잘 모르겠지만 아이들이 너무너무 귀여워."

가스리가 "흐음" 하는 소리를 내자, 사내도 따라서 같은 소리를 내며 고개를 끄덕였다.

"지난번에 아이들이랑 종이배를 만들었는데, 아키코라는 애가 게이 것도 만들어 달라잖아. 물어보니까, 게이는 아키코의 오빠래. 초등학교에 다니는 오빠 것까지 만들어 달라는 거였어. 아키코의 마음속에 늘 오빠가 있다고 생각하니까, 아키코가 너무너무 사랑스러웠어."

"호오."

사내가 감탄했다. 이야기의 내용은 물론이고, 소녀가 그렇게 오랫동안 말을 했다는 것이 감탄스러운 모양이었다.

"찰흙 놀이를 할 때, 내가 만든 개의 입 부분에 구멍을 만들고는 '밥'을 준다며 동그랗게 빚은 흙덩어리를 집어넣고 깔깔 웃기도 했고."

사내가 말했다.

"아주 즐거웠나 보구나."

소녀가 대답했다.

"네, 즐거웠어요."

소녀가 사라진 것은 그로부터 사흘 뒤였다.

저녁 7시 조금 안 되어 사내한테서 전화가 걸려 왔다.

"유치원에 있는 줄 알았어. 네가 저녁을 지어 놓고 간 뒤에 유치원에 전화를 걸어 봤더니, 원장은 나쓰코가 오늘은 우리 집에 있는 줄 알고 있었다는 거야."

가스리가 떨리는 목소리로 물었다.

"유치원 기숙사에서는 아침 몇 시쯤에 나갔대, 아빠?"

"7시 30분쯤이라는구나. 아무튼 우에노한테 연락 좀 해 볼래? 그 친구한테 갔다면 다행인데…."

사내의 목소리에서 난감한 느낌이 전해졌다.

"아빠, 지금 바로 우에노한테 전화해 볼게."

가스리는 일단 전화를 끊었다.

가스리의 목소리를 듣고 무슨 일인지 대충 눈치챈 미네코가 어느 틈엔가 가스리의 등 뒤에 서 있었다.

가스리는 떨리는 손으로 전화기 버튼을 눌렀다. 짧게 통화를 끝내고 수화기를 내렸다.

"엄마, 어떡해? 안 왔대. 우에노가 지금 당장 이리로 온대. 엄마, 어떡해?"

가스리는 바닥에 주저앉아, 오른손을 전화기 위에 올려놓고 가까스로 몸을 지탱했다.

"나쁜 쪽으로 생각하지 말자. 그리고 만조 씨한테도 전화해야지."

"엄마가 좀 해 줘."

하는 수 없이 미네코가 가스리 대신 수화기를 들었다.

"우에노가 이리로 온다니까, 만조 씨도 지금 바로 오겠대."

"아빠!"

가스리가 안타깝게 부르짖었다.

먼저 소년이 도착하고, 10분쯤 지나 사내가 나타났다.

맨 먼저 미네코가 물었다.

"혹시 메모 같은 거 없었어요?"

"샅샅이 뒤져 봤어. 워낙 글 쓰는 걸 좋아했으니까, 혹시나 싶었는데….."

사내가 말했다.

"우에노, 도쿄에 그 애가 갈 만한 곳이 있을까?"

"전혀 없어요."

"그렇겠지."

"마쓰도의 친척 집에 전화해 볼까요?"

"거기에 갔을 가능성은 거의 없겠지?"

"네."

"그렇다면 일단 기다려 보는 게 낫지 않을까? 친척 집에서 걱정할 테니까."

"오사카의 집에도 나중에 연락하는 게 좋겠죠?"

"그렇겠지."

얼굴이 창백해진 가스리를 보고 사내가 말했다.

"그 애를 믿자, 가스리."

갑자기 소년이 머리를 꾸벅 숙였다.

"죄송합니다, 저 때문에."

"그렇지 않아, 우에노."

사내가 소년의 어깨를 툭툭 두드려 주었다.

"집에서 나오기 전에 유치원 원장한테 전화해서 그 애가 유치원 선생님들과 무슨 얘기를 했는지 한번 알아봐 달라고 했으니까 곧 연락이 올 거야. 그걸 듣고 나서 어떻게 대처할지 고민해 보자고."

미네코가 고개를 끄덕였다.

"미안하지만 홍차 한 잔 마실 수 있을까? 그리고 다들 마음을 좀 가라앉히자고. 응?"

사내의 말에 모두가 자리에 앉았을 때 전화가 울렸다. 미네코가 전화를 받고 원장 선생님이라며 사내에게 건넸다.

연신 고개를 끄덕이던 사내가 별안간 "뭐?" 하고 큰 소리를 냈다.

가슴이 쿵 내려앉아, 가스리와 미네코와 소년은 서로 얼굴을 마주 보았다.

"음, 좋아. 알았네."

사내가 수화기를 내려놓았다.

"편지가 있다는군. 이것 참."

사내는 머리를 긁적거렸다.

"친하게 지내던 유치원 선생님한테 편지를 맡기면서 나한 테 8시쯤에 전해 달라고 부탁하고는 기숙사를 나갔다는 거 야. 그런데 하필 그 선생님은 아침부터 신임 교사 강습회에 가야 했고, 게다가 오전 8시와 오후 8시를 착각해서 일이 이 렇게 꼬여 버린 것 같아."

사내는 또 한번 중얼거렸다.

"이것 참."

미네코가 말했다.

"아무튼 다행이네요. 그런데 편지 내용이…."

"음, 그 선생님이 편지를 들고 지금 이리로 오고 있어."

"아, 잘됐다" 하고 가스리가 말했다.

소년도 마음이 놓인다는 듯이 말했다.

"그 녀석, 편지를 써 놓고 뛰어내리거나 약을 먹은 적은 없 으니까."

유치원 선생님이 편지를 들고 가스리의 집에 도착한 것은 9시가 넘어서였다.

곧바로 봉투를 뜯고 네 사람이 머리를 맞댄 채 편지를 읽 었다.

아저씨, 그리고 가스리 보세요.

죄송해요, 갑자기. 저에게 시간을 좀 주세요. 일단 집으로 들어가요. 가스리나 우에노처럼 가족과 제대로 관계를 맺어 보고 나서 다시 나오려고요. 그때는 우에노한테 욕먹지 않도록 다른 사람들 사정도 자세히 알아보고 올게요. 아저씨, 유치원에 있게 해 주셔서 정말 고맙습니다.

저는 남의 얼굴이나 남의 눈을 보고는 말을 하지 못하는 애였어요.

그런데 어느 날 문득 보니까, 제가 유치원 아이들하고 거리낌 없이 자연스레 이야기를 나누고 있었어요.

얼마나 기뻤는지 아저씨나 가스리는 상상도 못 할 거예요.

가만히 생각해 보니 저는 늘 외톨이였고, 누군가에게서 사랑받고 있다고 느낀 적이 한 번도 없었어요.

유치원에서 수많은 아이들과 함께 있는 제 자신을 발견했을 때, 저는 "난 이제 외톨이가 아냐!" 하고 소리치고 싶은 충동을 느꼈어요.

'바람의 아이 유치원'에서는 제 마음을 풀어놓은 채 자유롭고 느긋하게 지낼 수 있었습니다.

이런 경험은 처음이었어요.

아이들은 아무런 선입견도 갖지 않고 자기들의 세계에 저를 받아들여 주었어요.

소중한 친구처럼 저를 대해 주었어요.

태어나서 처음으로 따뜻한 인간을 알게 되었습니다.

인간은 따뜻하다는 것 그리고 인간과 인간은 제대로 관계를 맺어야 한다는 것을 아저씨와 아줌마, 가스리와 우에노, 우에노의 어머니에게서 배웠습니다.

제대로 관계 맺어도 늘 좋은 일만 있는 것은 아니고, 나쁜 일이나 힘든 일도 있게 마련인데 저는 그저 피하려고만 했습니다. 그게 부끄러워요.

아저씨, 가스리.

저는 처음부터 다시 시작하려고 합니다. 그러니까 딱한 번만 더, 제멋대로 구는 것을 용서해 주세요.

이제 다시는 죽음 따윈 생각하지 않아요. 무슨 일이 있어도 살 거예요. 맹세해요.

ㅡ나쓰코

사내는 길게 한숨을 내쉬었고, 가스리는 돌아서서 소리 죽여 울었다.

미네코는 눈시울이 붉어졌다.

소년은 자꾸만 헛기침을 했다.

다음 일요일, 가스리는 아침부터 멍한 얼굴을 하고 있었다.

미네코가 물었다.

"오늘은 어디 안 가니?"

"안 가."

귀찮은 듯 대꾸하면서 가스리는 뽀뽀의 등을 쓰다듬었다.

"엄마는?"

미네코는 대답이 없다.

"데이트 있으면, 내가 집 지키고 있을 테니까 갔다 와."

"나, 되게 효녀지?" 하고 가스리는 고양이들한테 말했다.

차푸가 하품을 했다.

하품하는 품새가 영 시원찮아서 가스리는 걱정스레 말했다.

"얘, 왜 이래? 기운이 쪽 빠져서?"

미네코가 말했다.

"최선을 다해 열심히 살다 보면 그렇게 되는 건지도 몰라."

가스리가 다시 중얼거렸다.

"최선을 다하면….'

히말라얀 뽀뽀가 야옹 하고 울었다.

4

미네코가 한 달 전에 사 온 시클라멘꽃은 아직도 싱싱했다.

가스리가 세탁기 앞에서 투덜거렸다.

"이런 걸 만든 사람은 머리가 좋은 건지 나쁜 건지 도대체 모르겠어. 아유, 지겨워."

베란다에 널 이불을 가지러 온 미네코가 가스리를 힐끗 보더니 말없이 그 옆을 지나쳤다.

세탁기 속의 뒤엉킨 빨래들을 풀면서 가스리가 말했다.

"엄마, 그렇게 생각하지 않아? 아유, 정말."

이불을 그러안고 미네코가 말했다.

"일요일의 첫 번째 말썽이 그 정도라면 괜찮은 편 아니니? 행복한 줄 알아, 얘."

"아유, 그래? 고등학교 2학년치고, 내가 얼마나 고생하며 살고 있는지 몰라, 엄마?"

가스리가 슬쩍 눈을 흘겼다.

미네코는 얼른 담요를 널러 갔다.

가스리가 짜증 섞인 목소리로 미네코에게 퍼부었다.

"엄마, 베란다에 이불만 널 거야? 이 빨래는 어디다 말리라고?"

미네코의 목소리는 명랑하다.

"그럼 네 이불은 어떡할까? 다음 일요일에 널어도 돼?"

"부모는 자식 것 먼저 챙기는 게 순리 아냐?"

미네코가 말했다.

"미안하게 됐네요. 자식보다 부모가 중요해요."

"흥, 다자이 오사무 흉내를 내시겠다?"

"너, 그 책 읽었니?"

미네코가 가스리를 보았다.

"다음 문장이, '이 부모는 항상 자식들 눈치만 본다'잖아. 엄마는 그런 부모도 아니면서 뭘."

미네코가 중얼거렸다.

"잘났어 정말."

가스리는 여전히 엉킨 빨래와 씨름을 하고 있었다.

담요를 널고 돌아온 미네코가 그 모습을 보고 말했다.

"좀 빨리빨리 못 하니? 시간은 돈이나 마찬가지야."

"그래서?"

"눈 깜짝할 사이에 사라져 버린다는 거지."

가스리가 일부러 크게 고개를 끄덕거렸다.

미네코가 경계하는 빛으로 말했다.

"너, 무슨 말이 하고 싶은 거니?"

"그건 인생이 얼마 남지 않은 사람들이나 하는 말 아니야? 흥, 엄마 딴에는 재치 있게 말했다고 생각하겠지?"

미네코가 말했다.

"아주 미워 죽겠어. 너하고 내가 모녀 사이인 건 틀림없지만, 나이 차이는 기껏해야 스무 살이야. 너랑 나랑 남은 인생이 차이가 나면 얼마나 난다고 그러니?"

가스리는 어이없다는 얼굴을 했다.

"어유, 그래? 그렇게 뻔뻔스러운 말을 태연하게 내뱉는 게 우리 엄마 젊음의 비결이라고, 이 착한 딸은 생각할게."

가스리가 잔뜩 비꼬았다. 손은 여전히 엉킨 빨래를 풀고 있다.

미네코가 말했다.

"저리 비켜 봐."

가스리가 넌더리를 냈다.

"대체 왜 이 모양이야? 긴팔 옷들은 엉망진창으로 꼬여서 아주 한 덩어리가 되어 버렸어. 정말 너무 심해."

미네코가 뒤엉킨 빨래 한쪽을 손에 쥐었다.

확실히 빨래는 심하게 꼬여 있었다.

"정말 어지간히 꼬였네. 이거 왜 이러니?"

빨래를 풀면서, 미네코는 뭐가 우스운지 풋 하고 웃었다.

"편리한 걸 만든답시고 이런 멍청한 짓을 하는 게 인간이라니까."

가스리는 그렇게 말하고 시무룩한 눈빛으로 미네코를 보았다.

"엄마, 그래도 빨래라서 다행이잖아."

이번에는 미네코가 가스리를 똑바로 바라보며 물었다.

"무슨 뜻이야?"

가스리도 물러서지 않고 되받았다.

"나, 그렇게 나쁜 뜻으로 한 말 아닌데?"

"아주 미워 죽겠어" 하고 중얼거리면서 미네코는 눈길을 떨어뜨렸다.

가스리는 미네코한테 따져 묻듯 말했다.

"엄마, 아침부터 나한테 두 번이나 미워 죽겠다고 한 거 알아?"

"엄마뿐이야, 그렇게 말하는 사람."

미네코가 능청스레 말을 받았다.

"어머나, 그래? 다른 데서는 사랑스러운 아이라는 말이라도 듣는 모양이지?"

가스리가 밉살스레 대꾸했다.

"그럼, 듣고말고."

"아유, 좋으시겠네요?"

그렇게 말하고 미네코는 엉킨 빨래를 등나무 바구니에 처박아 넣었다.

"됐어. 빨래는 내가 널 테니까 넌 네 할 일이나 해."

미네코는 오늘 아침 딸과의 대화를 이만 끝내고 싶었다.

가스리는 눈을 치뜨고 미네코를 흘겨보았다.

미네코는 아랑곳하지 않고 빨래가 담긴 바구니를 안고 베란다로 갔다.

가스리가 느릿느릿 미네코를 뒤따랐다.

"있잖아, 엄마."

"뭐?"

"엄마가 엄마의 새 애인을 한번 만나 보지 않겠냐고 했지만…."

미네코가 빨래를 널던 손을 멈췄다. 등 뒤에서 가스리의 목소리가 들렸다.

"내가 싫다고 하면, 엄마 상처받아?"

미네코가 빨래 하나를 들고 탁탁 털었다.

가스리는 미네코의 등을 가만히 노려보고 있다.

"대답해 봐, 엄마."

미네코는 묵묵히 빨래를 널었다.

"얼른."

"네가 내킬 때 만나도 된다고 했잖아? 억지로 만나란 적 없어."

등을 돌린 채 미네코가 대답했다.

가스리는 까닭 없이 몸을 부르르 떨었다.

"엄마가 전에 그랬지, 아무리 부모 자식 사이라도 서로의 사생활은 되도록 간섭하지 말자고?"

"…."

"그러면서도 엄만 나에 대해 시시콜콜 다 알고 싶어 하지만."

미네코가 말했다.

"부모 마음이 원래 그런 거야."

"그건 아무래도 좋아. 하지만 엄마 애인은 엄마 애인이니까, 나는 그냥 모르는 걸로 하면 안 돼?"

미네코는 그제야 가스리 쪽으로 돌아섰다.

"너, 구니오 씨 때랑 태도가 많이 다른 것 같은데?"

미네코가 실패로 끝나 버린 지난 이야기를 입에 올렸다.

"나는 그때 엄마를 도왔어."

미네코는 진심으로 말했다.

"그래, 고마워하고 있어."

"미조구치 가스리."

미네코는 새삼스레 성까지 붙여 딸을 불렀다.

"너, 내가 사귀고 있는 사람을 만나고 싶지 않은 이유가 역시 그것 때문이니?"

"…."

"응? 그런 거야?"

가스리는 입을 꾹 다물고 있다.

고양이 뽀뽀가 가스리 발치로 다가와 나긋나긋한 소리로 울었다.

"그 사람한테 부인과 아이가 있다는…."

가스리는 뽀뽀를 안아 올려 쓱 돌아서서 가려고 했다.

"가스리!"

미네코의 목소리에 저도 모르게 힘이 들어갔다.

"먼저 말을 꺼낸 건 너야. 네가 무엇 때문에 꺼리는지는 알겠지만, 어찌 된 일인지 내 말이나 좀 들어 줬으면 좋겠어. 한 사람의 문제로 말이야."

가스리가 고개를 휙 돌렸다.

"왜 내가 그런 걸 들어야 하는데?"

가스리의 눈이 번뜩이고 목소리에 잔뜩 힘이 들어가 있었다.

"꼭 그런 건 아니지만."

"그건 순 엄마 욕심 아냐? 연애를 하고 있는 건 엄마잖아. 왜 내가 엄마의 고민을 떠안아야 해?"

"그런 말이 아니잖아?"

미네코는 낙심한 듯 중얼거렸다.

가스리가 날카롭게 추궁하듯 물었다.

"그럼 무슨 말인데?"

미네코는 그런 가스리를 한동안 바라보고만 있었다.

"지금은 얘기해 봤자 소용없을 것 같아."

미네코가 절레절레 고개를 흔들며 대답했다.

"빨래, 마저 널게."

미네코는 묵묵히 손을 움직였다.

"엄마…."

뭔가 말하려던 가스리는 문득 입을 닫았다.

한순간 미네코의 뒷모습이 너무나 쓸쓸하고 너무나 조그맣게 느껴졌다.

"미안해, 엄마."

가스리는 고양이를 안은 채 얼굴을 푹 숙이고 조그맣게 말했다. 거의 알아들을 수 없는 목소리였다.

가스리가 한 번 더 말했다.

"미안해, 엄마."

마지막 빨래를 널고 나서 미네코가 차분하게 말했다.

"됐어. 네가 사과할 일이 아니잖아."

"엄마, 오늘 데이트 있지?"

"…."

"내가 괜히 엄마 기분을 망친 것 같아."

미네코는 짐짓 명랑한 척 말했다.

"이제 괜찮아."

가스리가 뽀뽀를 내려놓았다.

"너도 오늘 나갈 거지? 우에노 만나니?"

가스리는 고개를 저었다.

"그럼, 누구?"

"…."

"참, 서로 사생활은 간섭하지 않기로 했지?" 하고 미네코는 중얼거렸다.

가스리는 '아만도' 2층에서 아키코를 만나기로 했다.

약속 시간보다 20분이나 빨리 도착했지만, 밀크 홍차라도 마시며 책을 읽으려던 가스리의 계획은 보기 좋게 어긋났다.

가게 안은 만원이었다.

'어떡한담?' 하고 가스리는 생각했다.

"자리가 날 때까지 여기서 기다려도 괜찮을까요?"

가스리가 자기 또래인 듯한 가게 점원에게 물었다.

"괜찮으시다면…."

점원은 빈자리를 찾아 주려는 듯 가게 안을 빙 둘러보았다.

가스리는 살며시 웃었다. 요즘은 이렇게 자상하게 마음 써 주는 사람이 흔치 않다.

기분이 좋아진 가스리는 선 채로 책을 폈다.

글은 도통 머리에 들어오지 않고, 젊은 아가씨들의 수다만 귀에 들어왔다.

연예인 이야기며 유행하는 옷 이야기 같은 두서없는 잡담이 아가씨들의 무료함을 달래 주고 있다.

방과 후 여학생들의 잡담과 별로 다르지 않다.

아만도는 아키코가 정한 약속 장소였다.

'아키코 씨는 내가 이런 곳에 자주 드나드는 줄 아는 걸까?' 하고 생각하자, 가스리는 왠지 우스웠다.

5분쯤 서 있으려니 자리가 났다.

가스리는 손님이 떠난 테이블을 치우고 있는 점원의 모습을 선 채로 멍하니 지켜보고 있었다.

"어머, 가스리."

아키코였다.

아키코가 미소를 지으며 말했다.

"꽤 서둘러 나왔다고 생각했는데….."

가스리는 상대방을 배려해서 말했다.

"제가 너무 일찍 도착한 거예요."

아키코가 말했다.

"가스리, 정말 오랜만이야."

가스리가 물었다.

"거의 1년 만인가요?"

"으응."

아키코는 이쪽저쪽으로 눈을 굴리며 말했다.

"글쎄, 아빠랑 안 만난 지 얼마나 됐더라….."

가스리는 조금 망설였다.

그 말을 해도 괜찮을까?

가스리는 아키코가 예전보다 많이 차분해진 것 같다고 느꼈다.

그래서 큰맘 먹고 말했다.

"아키코 씨, 결혼 축하해요. 아빠한테 들었어요."

"아직 결혼식을 올린 건 아닌데….."

아키코가 조금 난처한 얼굴을 했다.

그것은 자신에 대한 배려일 거라고 가스리는 생각했다.

가스리가 밝게 말했다.

"아빠가 멍청해서 아키코 씨를 다른 사람한테 뺏긴 거예요."

"가스리, 나 만난다는 얘기, 아빠한테 했니?"

가스리가 고개를 가로젓자, 아키코는 왜 그런지 맥 빠진 얼굴을 했다.

가스리는 '어?' 하고 생각했다.

점원이 물을 갖고 왔다.

"가스리, 우리 뭐 마실까?"

처음에 밀크티를 마실 생각이었던 가스리는 레몬티를 주
문했다. 기분이 딱 그랬다.

"좋아, 나도 같은 걸로. 가스리, 케이크도 먹을래?"

괜한 질문을 한다는 느낌이었다.

가스리는 되도록 건조하게 말했다.

"괜찮아요, 됐어요."

"그래."

아키코는 가스리의 가슴속에 생긴 조그만 파문을 눈치채
지 못한 듯했다.

"아빠는 잘 계시니?"

"네에" 하고 가스리는 대답했다.

아빠와 사이가 좋았을 때 이 사람이 아빠를 뭐라고 불렀는
지 가스리는 생각을 더듬었다.

"아빠는 기뻐도 안 기쁜 척, 슬퍼도 안 슬픈 척하는 사람이
니까요. 아키코 씨가 떠난 뒤에 정말은 어땠을지 모르겠지만,
괜찮으냐고 물으면 괜찮다고 대답하니까 그냥 그런가 보다
생각해요."

아키코가 미안하다고 말했다.

'그런 뜻이 아닌데…' 하고 가스리는 생각했다.

"자기 아빠를 이렇게 말하는 건 좀 이상할지 모르지만, 아빠는 자기가 원해서 헤어진 게 아니더라도 아키코 씨가 행복하기만 하다면 진심으로 기뻐할 사람이에요. 절대로 아키코 씨를 원망하거나 할 사람이 아니에요."

아키코는 가스리의 눈을 물끄러미 보았다.

얼마 뒤에 아키코는 고개를 크게 끄덕였다.

"하지만…."

아키코는 눈길을 아래로 떨군 채 말했다.

"여자는 그런 분별 있는 사랑보다 저돌적인 사랑을 원할 때도 있어. 가스리는 아직 이해하기 힘들지 모르겠지만."

가스리는 아빠가 한 말을 떠올렸다.

'나는 아키코와 결혼을 해도 그만, 안 해도 그만이야. 아이를 낳아도 좋고 안 낳아도 괜찮아. 어느 쪽이든 상관없어. 태도가 어정쩡한 게 아니라, 그게 자연스러운 거야.'

아빠는 농부가 땅을 갈듯이 자기 속에 있는 것을 조금씩 몇 번이고 곱씹으면서 남은 인생을 살고 싶다고도 했고, 자기보다 열다섯 살이나 어린 아키코에게 해 줄 수 있는 것은 헤어져 주는 것뿐이라고도 했다.

아키코는 그런 분별력이 싫다는 것이겠지만, 가스리는 아빠와 같은 사고방식이나 삶의 방식이 전혀 이상하지 않다고 생각했다. 물론 그런 분별력이 덧없게 느껴지기도 했다. 아빠라서 역성드는 것 같기도 하고, 아빠를 닮아서 자신도 그와 비슷한 감수성을 지니고 있는지 모른다고 생각하기도 했다.

'이 사람은 왜 이제 와서 아빠가 아닌 나한테 이런 말을 하는 걸까? 왜 내게 전화를 걸어서 만나자고 한 걸까?'

여기서는 차분히 이야기를 나눌 수 없으니까 다른 곳으로 옮기는 게 어떻겠냐고 아키코가 물었다.

둘은 로아 빌딩 앞 좁은 도로 옆에 있는 지하 카페로 들어갔다. 고전음악이 흐르고 있는 카페에는 손님도 거의 없었다.

아키코가 말했다.

"롯폰기에는 이런 가게가 많아. 밤에는 피아노 연주를 하는데, 굉장히 붐벼."

"아키코 씨가 좋아하는 가게예요, 아니면 아빠가 좋아하는 가게예요?"

아마 아빠랑 같이 와 봤을 거라고 가스리는 생각했다.

"그 사람은 좀 지루해했던 것 같아."

그 사람이라는 말이 가스리의 귀에 생생하게 꽂혔다. 유쾌한 느낌은 아니었다. '나는 아키코 씨한테 호감을 갖고 있었는데 왜 이렇게 됐을까?' 하고 가스리는 고개를 갸웃거렸다.

가벼운 알코올 음료를 주문했다.

아키코가 말했다.

"이 정도는 괜찮겠지?"

아빠랑 헤어지고 아키코 씨가 조금 변한 것 같다고 가스리는 생각했다.

'자기 마음대로 남의 것까지 주문하는 사람은 아닌 것 같았는데.'

166

가스리는 그런 말은 입 밖에 내지 않았다.

아키코가 대뜸 물었다.

"가스리, 가스리는 자기 자신한테 솔직하게 살고 있어?"

갑작스런 질문에 가스리는 당황했다.

"나…."

아키코가 말을 잇자, 가스리는 아키코가 대답을 들으려고 물은 것이 아님을 알았다. 가스리는 어쩐지 피곤했다.

"나… 지금도 가스리 아빠를 사랑해."

순간 놀랐지만, 가스리는 아키코의 말이 아주 뜻밖이라고 여겨지지는 않았다.

"가스리 아빠만을 사랑하고 있었어. 이제야 깨달았어."

'이런 얘기를 해서 뭘 어쩌자는 걸까? 이 사람은 심각하게 말하고 있는데, 그 무게와는 까마득히 먼 곳에서 그 얘기를 듣고 있는 나는 뭘까?'

가스리는 냉정하게 그런 생각을 했다.

"가스리 아빠를 잊으려고 했어. 결혼할 사람과 즐겁게 지내려고 애썼지만…."

가스리는 딴생각을 하고 있었다.

엄마는 지금쯤 애인이랑 어디서 뭘 하고 있을까? 엄마는 그 사람이랑 결혼할 생각일까?

"가스리."

가스리는 퍼뜩 정신이 들었다.

"네?"

"가스리, 시간을 되돌리는 건 불가능하다고 생각해?"

한동안 침묵이 흘렀다.

"아키코 씨랑 아빠 사이를 묻는 거라면, 난 잘 모르겠어요."

가스리는 그렇게 말했다.

스스로도 차가운 대답이라고 생각했다.

'바로 몇 달 전까지 이 사람과 아빠가 맺어지기를 바랐던 나는 무책임한 인간일까?'

아키코가 힘없는 목소리로 말했다.

"그분 성격에 뭔가를 되돌리는 일은 있을 수 없을 거야."

가스리가 대꾸했다.

"아빠는 이상한 감정이나 고집 같은 걸로 뭔가를 결정하는 성격이 아니니까요."

"아빠, 미안해."

아파트 현관문을 열고 얼굴을 내민 사내에게 가스리가 말했다.

"작업을 하고 있을 때는 찾아오지 않겠다고 약속해 놓고."

"그건 상관없다만. 네 목숨이 달린 일이 아닌 다음에야 작업을 중단하는 일은 없으니까."

"응."

"저녁 전에는 끝날 것 같으니까, 괜찮다면 방에서 기다리고 있을래?"

"그럴게, 아빠."

"할 얘기란 게 뭐냐?"

"아빠 일하는 데 방해되면 안 되니까 나중에 얘기할게. 내가 잘못한 건 아닌지, 아빠 생각을 듣고 싶어서 그래."

"뭐야, 변죽만 울리고."

사내가 웃었다.

"아빠 옷, 잉크투성이야."

가스리는 사내의 옷을 보고 과장되게 얼굴을 찌푸렸다.

"너는 그림쟁이 마누라로는 실격이구나. 그림쟁이 옷이 더러우면 기뻐해야지."

"이 정도는 많이 봐주는 거야, 아빠 혼자 사니까."

"그거 고맙구나" 하고 사내는 말했다.

"아무리 그래도 오늘은 좀 심해, 아빠."

"인쇄 작업을 하고 있는데, 영 마음에 차지 않는구나. 그래서 그래."

사내는 가스리를 안으로 들였다.

"작업실만으로는 부족해서 방도 쓰고 있어."

대형 판화를 인쇄할 때는 가끔 이런 경우도 있었다.

가스리가 다시 한 번 말했다.

"아빠, 미안해."

가스리는 바다가 보이는 서재 쪽으로 갔다.

긴 등나무 의자에 몸을 쭉 뻗고 책을 폈다. 사내의 작업을 방해하지 않을 셈이었다.

'이런 자세로 읽으려니까 책한테 좀 미안한걸?'

가스리는 쓴웃음을 지으며 생각했다.

사내가 다시 작업을 시작한 것 같았다.

일단 작업을 시작하면 깊이 빠져들기 때문에 다른 일에 정신을 빼앗기지 않는다.

가스리는 사내가 작업하는 모습을 훔쳐보듯이 살그머니 보았다.

지금 하고 있는 작품은 밤의 어둠을 갈라놓은 듯한 추상 작품이었다. 한 줄기 섬광을 연상시키는 주홍빛 선이 비스듬히 뻗어 있었다.

사내의 작업 과정을 대충 알고 있는 터라, 가스리는 이것이 매우 어려운 작업임을 직감했다.

배경 부분에 판이 네 개, 선까지 포함해서 통틀어 다섯 개의 판을 사용해 인쇄를 하고 있었다.

사내는 온 신경을 모아 마지막으로 주홍빛 선을 인쇄했지만, 뭔가 만족스럽지 않은 모양이었다.

가스리는 인쇄가 끝난 종이를 옆에 놓는 손놀림을 보고 사내가 그것을 작품으로 인정하지 않는다는 것을 알 수 있었다.

사내의 이마에 땀이 흐르고 눈빛이 한결 날카로워졌다.

가스리는 이제 숨 쉬는 것조차 힘겨웠다.

한 줄기 선을 제대로 표현하기 위해 똑같은 작업을 수없이 되풀이하고, 거기에 쏟은 정성을 다 버리고 다시 도전했다.

기나긴 시간이었다.

기나긴 시간처럼 느껴졌다.

사내가 문득 앞을 보았다.

표정이 온화해지며, 가스리의 얼굴을 보고 빙그레 웃었다.

"거기 있었니?"라는 말도, "여태 지켜보고 있었어?"라는 말도 하지 않았다.

그저 넋이 빠진 사내가 거기에 있었다.

가스리는 작품이 탄생했다는 것을 알았다.

가스리가 꽉 잠긴 목소리로 말했다.

"아빠."

사내의 피로가 고스란히 가스리에게 전해졌다.

"다 됐다."

사내가 말했다. 말 자체는 무심했다.

"뭐 마실래?"

"밀크티."

"그럼, 나도 그걸로 할까?"

"아빤 맥주 안 마셔? 작업 끝나고 한잔할 때가 세상에서 가장 행복하다며?"

"아하하, 네 짝이 될 남자는 술을 꽤 많이 마셔야겠구나."

"아이, 아빠도 참."

주위를 대충 치우고, 둘은 식탁 앞에 편한 자세로 앉았다.

"오늘 우에노하고 안 만나니?"

"만나긴 할 건데…."

"그런데?"

"우에노는 일요일마다 공사장에서 막노동을 해."

"막노동?"

"아빠, 막노동은 별로 안 좋은 말이지?"

"아, 공사장 인부 말이냐?"

"우에노가 자꾸 막노동, 막노동 하니까 나도 그만…."

아하하, 하고 사내는 웃었다.

"우에노랑 어머니가 신세 지고 있는 친척이 건축업을 한대. 부잔가 봐. 그런데 어마무시하게 나쁜 사람이라나? 아빠, 어마무시하다는 게 무슨 뜻이야? 느낌으론 대충 알겠는데."

"굉장히 심하다는 걸 강조해서 하는 말이 아닐까?"

"그런 거야? 우에노는 이상해. 부자들은 남을 착취해서 돈을 모았으니까 도둑이나 마찬가지래, 아빠."

가스리는 자리에서 일어나 마치 연기라도 하듯이 말했다.

"'도둑은 나 죽었소 하고 사니까 그나마 봐줄 만한데, 부자들은 자기가 무슨 대단한 벼슬이라도 한 줄 안다니까. 하여간 같잖은 인간이 나더러 같잖은 인간이라고 하니까 재미있지 뭐야.' 우에노는 이렇게 말해."

사내가 큰 소리로 웃어 젖혔다.

"그렇지, 아빠? 이상하지? 그 애, 아무튼 이상해."

"개성이 강한 아이구나."

"아빠, 전에 그랬지? 폭주족이나 비행 청소년들을 모아 시골에서 자급자족 공동체를 만들고 싶었던 적이 있다고."

"응."

"우에노는 알아주는 문제아니까, 그런 학교에서는 최고 우등생일 거야."

"뭐라고?"

사내는 웃었다.

"그리고 우에노는 퇴원하신 어머니와 그 친척 집에 얹혀살기 때문에, 일요일에는 공사판에서 일을 해서 조금이라도 그 어마무시하게 나쁜 사람한테 진 빚을 갚아야 한대. 자기는 남한테 빚지는 게 가장 싫다나?"

"올바른 생각이야. 몸을 움직이며 일하는 것을 잊으면, 결코 변변한 인간이 못 돼."

"아빠도 공사장 인부들하고 비슷한 일을 하니까."

"뭐?" 하고 사내가 되물었다.

"좀 전에 아빠가 일하는 거 보니까 그렇던걸."

"정말 그렇던?"

사내는 진심으로 기뻐하는 얼굴이었다.

"우리 딸이 내 작업을 그렇게 봤다니까 정말 기쁘구나. 음, 좋아."

사내가 일어서면서 말했다.

"왜, 아빠?"

"맥주, 맥주."

"쳇, 그것 봐. 결국은 마실 거면서."

"싫어?"

"좋아."

"뭐야?"

사내는 기분이 좋았다.

"그래서 5시 이후에나 우에노를 만날 수 있어."

"나는 막간용이다 이거지?"

사내는 경쾌하게 맥주 캔을 땄다.

"아빠, 지금 질투하는 거야?"

"질투한다, 질투해."

"아이 참, 아빠도."

가스리가 사내의 등에 기댔다.

"야, 인마" 하고 사내가 말했다

"다음에 다시 태어나면 아빠랑 결혼해 줄게."

가스리는 그렇게 말하고, 사내의 어깨에 의미도 없이 뭔가를 끼적거렸다.

"마음 놓고 죽을 수 있겠구나."

사내는 웃었다.

"물 끓는다."

"네."

가스리가 일어나 직접 밀크티를 타 왔다.

사내가 말을 꺼냈다.

"그래, 할 얘기란 게 뭐냐?"

"으응."

가스리는 조금 침울한 얼굴을 했다.

"아빠."

"응?"

"아침에 있었던 일부터 얘기해도 돼?"

"되다마다. 무슨 얘기든, 어디서부터든 너 좋을 대로 얘기해."

가스리는 한동안 밀크티를 휘휘 저었다.

"아빠, 난 나쁜 앤가 봐."

"…."

"또 엄마한테 상처를 줬어. 사람과 사람이 관계 맺는다는 게 얼마나 중요한 일인지 아빠한테 배워 놓고선."

사내는 너무 자신을 몰아세우지 말라고 말했다.

"응, 아빠. 하지만 나는 이성적인 인간이 못 되나 봐."

"글쎄다, 그런가?"

"아빤 어떻게 생각해?"

"넌 이성과 감정이 조화를 이루고 있는 편이라고 생각한다만."

"정말 그럴까?"

가스리가 나직이 중얼거렸다.

사내가 부드럽게 물었다.

"엄마한테 대체 뭐라고 한 거냐?"

"으응."

가스리는 한참 생각에 잠겼다.

"아빠, 세탁기에 빨래를 하면 이따금 빨래가 마구 엉키는 거 알아?"

"이 녀석아, 대체 무슨 말을 하려는 거야?"

"오늘 아침에 엄마랑 엉킨 빨래를 풀고 있었어. 엉킨 게 빨래라서 다행이지 않느냐고 잔뜩 비꼬았어."

"흠" 하고 사내는 나직이 탄식했다.

"너답지 않았구나."

고개를 푹 숙인 채 가스리는 "응" 하고 말했다.

"엄마 앞에서는 되게 얄미운 말을 할 때가 있어, 나."

"이렇게 말하면 기분 상할지 모르겠다만, 아직 자립하지 못한 미숙함이 그런 식으로 표출될 때가 있지. 너는 다른 사람한테는 절대로 그런 말을 할 아이가 아니니까."

"엄마라면 이해해 줄 거라는 생각 때문일까?"

"그럴 수도 있고."

가스리가 처량하게 말했다.

"그래서 나, 내 자신이 싫어."

사내가 위로하듯 말했다.

"그런 자신을 직시하는 것도 중요할 거야."

"구니오 아저씨랑 헤어진 뒤에 엄마한테 다시 좋아하는 사람이 생기고, 그 사람한테 부인이랑 아이가 있다는 사실을 알았을 때, 난 엄마랑 오랫동안 말도 하지 않았어. 그나마 아빠 덕분에 고집스러운 내 마음을 조금씩 되돌리려고 노력하는 중인데, 엄마는 내가 자기 애인을 만나 주길 바라고 있어."

"네 엄마로서는 그렇게 한 걸음씩 나아갈 수밖에 없겠지."

"하지만 그런 식으로 비약하는 거, 난 너무 싫어."

"네 마음은 알겠다만…."

사내는 팔짱을 끼며 말했다.

"엄마한테도 말했지만, 연애는 엄마가 하는 거니까 나는 그냥 모르는 척하고 있으면 안 돼? 그거, 나쁜 거야?"

"으음."

사내는 또 한번 나직이 탄성을 흘렸다. 한참 뒤에 사내가 말했다.

"굳이 나쁘다고 할 수는 없지만, 네 옆에 있는 사람을 쓸쓸하게 만들고 말겠지. 그건 결국 너한테도 부담이야."

"그런가? 너무 어려워."

"그래, 어려워."

"나, 말해 버렸어. 그건 엄마 욕심 아니냐고. 왜 나까지 엄마의 고민을 떠맡아야 하냐고."

"그 사람, 슬펐겠구나."

"응. 그때 엄마가 한없이 작아 보였어. 너무 심한 말을 했다 싶어서 곧바로 엄마한테 미안하다고 했지만."

"그건 잘했구나. 그게 네 장점이야. 이성적인 거."

가스리는 고개를 저었다.

"아빠, 난 역시 나쁜 아이야."

"왜 그렇게 생각해?"

"엄마는 내가 무엇 때문에 꺼리는지 알겠는데 엄마 말도 좀 들어 달라고 했어. 한 사람의 문제라면서. 그거 굉장히 중요한 거잖아. 나, 그거 알고 있는데. 아픈 곳을 찔렸다는 생각

177

에 발끈해서 엄마한테 심한 말을 해 버렸어. 그러니까 나는 이성적이지 못해. 어떡해, 아빠?"

"너는 지금 자신을 반성하고 있잖아. 그걸로 된 거 아닐까? 늘 착한 아이일 필요는 없어. 어떤 인간이든 추한 면과 악한 면이 있게 마련이야."

사내는 그렇게 말하고 맥주를 한 모금 마셨다.

"아빠."

"응?"

"나도 언젠가 남자를 좋아하게 되겠지?"

"물론 그렇겠지. 뭐야, 갑자기 그런 말을 다 하고?"

사내는 부드러운 눈빛으로 가스리를 보았다.

사내가 밝은 목소리로 물었다.

"우에노는 어떠냐?"

"좋아하긴 하지만…."

"하지만?"

"연애는 굉장히 힘든 거잖아."

"뭐, 힘들다면 힘들지만, 누구나 마찬가지겠지. 누가 술술 쉽게만 연애를 할 수 있겠어?"

가스리가 후후후 하고 웃었다.

"내가 누군가를 너무너무 좋아하게 돼도, 나 자신의 행동을 객관적으로 바라볼 수 있을까?"

"흐음, 글쎄다?"

사내는 짓궂은 눈빛으로 가스리를 보았다.

178

"아무리 연애를 하더라도 나는 나였으면 좋겠어."

"그것이 자주적인 인간이겠지."

"아빠는 간단히 말하지만….."

"간단하지 않지."

"응. 엄마를 보면 잘 알 수 있어."

"녀석, 말하는 것 좀 봐."

"가스리."

"왜, 아빠?"

"조금 마음에 걸려서 묻는 건데, 너는 네 엄마의 연애를 어떻게 생각하니?"

"어떻게 생각하냐고?"

"자연스러운 거라고 생각하는지, 아니면 네 엄마가 특별하다고 생각하는지."

"엄마가 누군가를 사랑하는 것 자체는 자연스러운 일이라고 생각해. 누구랑 연애를 하든, 실연을 몇 번 하든, 그건 그 사람의 인생인걸. 거짓말 아냐, 아빠."

"그래."

사내는 빙그레 웃었다.

"저번에 아빠는 아키코 씨 얘기를 하면서, 한쪽이 다른 한쪽에게 일방적으로 끌려가는 삶은 바람직하지 않다고 했잖아."

"음."

"엄마가 나를 위해 엄마로서의 인생만을 살아가는 건 싫어. 나, 그런 의미에서는 엄마한테 감사하고 있어."

"그 말을 들으니까 마음이 놓이는구나. 훌륭한 딸을 둔 덕분에 부모로서 아주 든든한걸."

가스리는 웃지 않았다. 자못 심각한 얼굴로 말했다.

"아빠, 나 아키코 씨를 만났어."

사내는 "뭐?" 하고 놀란 듯 되물었다가 이내 온화한 목소리로 말했다.

"흐음, 그래?"

"오늘 만났어."

"흐음, 무슨 일로?"

"아키코 씨가 전화를 했어. 만나고 싶다고."

"너한테?"

"응."

"무슨 일이지?" 사내는 혼잣말처럼 중얼거렸다.

"한잔 더 할까?"

사내는 맥주를 꺼내러 냉장고 쪽으로 갔다. 가스리에게 여유를 주려는 듯했다.

"아키코 씨한테 결혼 축하한다고 했어."

"그랬구나."

사내는 맥주를 땄다.

"그런 말은 하는 게 아니었다고 말하고 싶은 거니?"

"아니."

"물론 그렇겠지."

"아빠."

"응?"

"나, 무지무지 난처했어."

사내는 말없이 딸을 보았다.

"아키코 씨는 지금도 아빠를 사랑하고 있대."

"싸우고 헤어진 건 아니니 딱히 이상한 말은 아니겠지."

"그게 아니라, 훨씬 더 심각한 느낌이어서 난처했다는 거야."

"무슨 뜻이지?"

"'결혼할 사람이랑 즐겁게 지내려고도 노력했지만'이라고 말했어."

사내의 눈빛이 매서워졌다.

"그건 내가 대답할 수 있는 문제가 아니잖아."

"너한테 그런 말을 했다면, 아키코가 조금 경솔했구나."

"나, 아키코 씨한테 쭉 좋은 감정을 갖고 있었어. 아빠랑 결혼하기를 바랐고."

"그랬지."

"예전에 아키코 씨한테 받았던 느낌이랑 오늘 만난 아키코 씨 느낌이 좀 달랐어. 다르다고 느꼈어. 아빠, 이해할 수 있어?"

"잘 이해가 안 가는구나."

"난 불안해졌어. 왜냐면, 그건 내 느낌에 지나지 않으니까. 내가 잘못 판단한 건지도 모르고."

사내의 눈이 한 곳을 응시하고 있다.

"그뿐만이 아냐. 아키코 씨가 나를 만난 목적이 아빠랑 예전으로 돌아가고 싶은 마음을 전하려 한 것인지도 모르는데,

나 차갑게 대했어.”

사내가 고개를 들어 가스리를 보았다.

“그 얘기, 아빠한테 좀 자세히 해 줄래?”

“아키코 씨가 나한테 물었어. 시간을 되돌리는 것이 가능하다고 생각하느냐고.”

“분명히 그렇게 물었어?”

“응.”

가스리는 사내의 눈을 똑바로 쳐다보며 대답했다.

“그래서 너는 뭐라고 대답했어?”

“아키코 씨랑 아빠 사이를 묻는 거라면, 난 잘 모르겠다고. 지금 한 말 그대로야.”

사내가 부드럽게 말했다.

“그랬구나.”

“그리고 아빠 성격에 뭔가를 되돌리는 일은 있을 수 없을 거라는 아키코 씨의 말에, 나….”

가스리의 말을 듣고 있는 사내의 눈빛은 부드러웠다.

“아빠는 이상한 감정이나 고집 같은 걸로 뭔가를 결정하는 성격이 아니라고 말해 버렸어.”

가스리는 고개를 떨어뜨렸다.

“느낌은 알겠구나. 그래, 너는 뭘 고민하고 있는 거지?”

가스리는 고개를 들었다.

“하지만 아빠, 내가 아빠도 아니면서….”

가스리의 말을 자르듯이 사내가 말했다.

"네 생각을 솔직하게 말한 거잖아. 그러면 된 거 아냐?"

"아빠, 정말로 그렇게 생각해?"

"물론이다. 너는 내 뜻과 어긋나는 말을 한마디도 하지 않았어."

그 말을 듣고도 가스리는 여전히 마음이 편하지 않은 듯했다.

"나도 내가 이상할 때가 너무 많아. 엄마 연애에는 끼어들기 싫어하면서, 아빠 연애에는 이렇게 참견을 하니까."

"네가 일부러 그런 건 아니니까."

"아빠, 내 말 좀 들어 봐."

가스리가 사내의 말을 잘랐다. 사내는 쓴웃음을 지었다.

"나, 아키코 씨한테 정말로 냉정했던 걸까? 아빠 말고 다른 사람과 결혼한다는 것 때문에 꽁해 있었던 건 아닐까?"

"네 마음의 문제라 내가 단정적으로 말하는 건 좀 뭣하다만, 너한테 그런 감정은 없지 않았을까? 내가 아키코와 헤어지고 나서 그렇게 힘이 없던?"

"으응" 하고 가스리는 고개를 저었다.

"아빤 강한 사람인걸."

"그렇지도 않아. 다만, 나는 연애가 인생의 전부라고 생각하지 않으니까."

"그럼, 아빠, 내가 아키코 씨한테 느꼈던 거부감은 뭐야?"

사내는 긴 한숨을 내쉬었다.

"글쎄다, 뭘까?"

사내의 눈이 한 곳을 응시했다.

"인간이란 원래 갈팡질팡하는 존재지만, 한번 결정한 것을 쉽게 번복하는 모습은 옆에서 지켜보는 사람에게 안타깝게 비치지 않을까? 그러니까 너는 그 모습을 민감하게 받아들인 거겠지. 인간은 누구나 나약한 존재니까 뒤로 물러설 수도 있겠지만, 그때는 뼈를 깎는 듯한 고통이 그 사람한테서 배어나와야 할 거야."

"아빠."

"음?"

"나, 아까 아빠가 작업하는 모습을 죽 지켜보고 있었어."

"그랬어?"

"아빠는 한 줄기 선을 표현하기 위해 아빠의 모든 것을 쏟아붇고 있는 것 같았어."

"…."

"보통 사람이 그런 식으로 산다면 하루 만에 그냥 죽어 버리겠지만."

"뭐야, 인마?"

사내는 쑥스러운 듯이 말했다.

"하지만 보통 사람도 자신의 길을 확인하며 살아갈 수 있다고, 나는 생각해. 그러니까 아무것도 하지 않고 머리로만 이것저것 생각하고 남을 비판만 하는 나 같은 사람이야말로 가장 못난 사람이라는 걸 알았어."

사내가 허둥지둥 말했다.

"가스리, 그건…. 그렇게까지 자신을 낮출 필요는 없어."

"나는 거기서부터 다시 시작할 거니까 걱정하지 마, 아빠."

사내는 지나치게 훌륭한 딸을 둔 것 같다면서 쓴웃음을 지었다.

"아빠, 하나 물어봐도 돼?"

사내가 대답했다.

"물론이지."

"아키코 씨랑 아빠 사이가 다시 좋아지는 일은 절대로 없어?"

"세상에 '절대'라는 건 없어."

사내가 부드럽게 말을 이었다.

"하지만 그렇게 되려면 각자 삶의 방식을 많이 바꿔야겠지."

"응" 하고 가스리는 고개를 끄덕였다.

"나, 그 말을 들으니까 마음이 놓여."

가스리는 "아빠, 한잔 드세요" 하고 맥주를 내밀었다.

불도저의 거대한 갈퀴가 반쯤 부서진 건물 벽을 단단히 거머쥐고 으르렁거리며 긁어내린다. 콘크리트 벽이 부르르 몸을 떨었다. 마지막 저항도 덧없이, 한순간 풀썩 쓰러지며 엄청난 먼지를 사방에 흩뿌렸다.

불도저 위의 소년은 웃통을 벗고 있었다. 땀과 먼지로 뒤덮인 몸이 때마침 기울어 가는 저녁놀을 받아 번들번들 빛났다.

가스리는 지루하지도 않은지 건물 철거 공사를 한참이나 바라보고 있었다.

"이봐, 학생. 뭐가 재미있다고 이런 걸 보고 있어? 실연이라도 당했어? 실연에는 이런 파괴적인 풍경이 좋은 약이지.”

인부 한 사람이 재미있는 말을 했다.

소년은 가스리가 와 있는 사실을 알고 있다.

공사장에 나타난 가스리를 발견하고 오른손을 들어 신호를 보냈다.

그리고 30분쯤 지났다.

가스리가 보고 있다고 해서 딱히 행동이 달라지지 않는 점에서 소년의 성격이 드러난다.

5시가 조금 지났을 무렵, 소년은 일을 마쳤다.

소년이 가스리에게 다가와 말했다.

“조금만 더 기다려 줘.”

젊은 인부가 소년과 가스리를 놀렸다.

“자기야, 샤워하고 올게.”

소년이 벌컥 화를 냈다.

“얻어터지기 전에 그 입 닫으쇼!”

금방이라도 싸움이 날 것 같았다. 가스리는 조마조마했다.

10분도 채 지나지 않아, 소년은 셔츠 위에 파란색 얇은 스웨터를 입고 나타났다.

“불도저 운전도 할 줄 알아?”

“응” 하고 소년이 대답했다.

“면허증 있어?”

“있을 턱이 있냐? 이 나이에?”

가스리는 기가 막혔다.

가스리가 걱정스레 말했다.

"왕년의 폭주족한테 딱 어울리는 아르바이트이긴 하지만 너무 위험해."

"하루에 2만 엔씩이나 줘, 그 짠돌이가. 고리대금으로 번 돈으로 말이야."

소년은 작은아버지를 그런 식으로 말했다.

"면허증도 없는 애한테 시켰다가 들키면 어떡하려고?"

"그 정도는 껌이야, 껌."

소년은 아무렇지도 않다는 듯이 말했다.

"껌이라니, 무슨 뜻이야?"

"이런 인간들은 공갈, 협박, 경찰 매수 같은 징역 5, 6년 정도의 나쁜 짓에는 눈 하나 깜짝 안 해. 걸리면 그냥 재수 옴 붙은 거고. 미성년자의 무면허 운전 따위는, 경찰 보는 앞에서 '이 자식, 어디서 또 나쁜 짓이야!' 하고 두세 대 후려치고는 뒷구멍으로 적당히 뇌물 좀 쥐여 주면 끝이라고. 그런 일에는 아주 도가 튼 놈들이지."

가스리는 소년을 노려보았다.

"돈 좀 번다는 것들은 다 그래. 운 좋은 놈은 사업가고, 운 나쁜 놈은 범죄자거든. 벗겨 놓으면 다 똑같은데 말이야."

가스리가 소년을 잔뜩 흘겨보며 물었다.

"그게 네 철학이니?"

소년은 뻔뻔스레 대꾸했다.

"사회의 진실이라는 거지."

"너는 둘 중 어느 쪽이야?"

"둘 다 아니올시다야."

"그럼, 너는 어떻게 살 건데?"

"발길 닿는 대로, 마음 가는 대로. 뭔가에 얽매여 사는 건 딱 질색이라고."

"어유, 아무튼 잘난 척하긴. 이 멍텅구리야!"

"우헤, 멍텅구리?" 하고 소년은 얼빠진 소리를 냈다.

"인마, 갑자기 그런 말을 하고 그러냐? 방귀 나오겠네."

가스리는 화가 나서 소년의 몸에 자기 몸을 부딪쳤다.

"흥!" 하고 고개를 팩 돌리고는 성큼성큼 앞서 걸어갔다.

"야, 야, 화났냐?"

소년이 쫓아왔다. 도대체 미워할 수가 없었다.

"우에노."

"네, 말씀하시죠."

"오늘 하루 일해서 번 돈 2만 엔, 한 푼도 못 쓰겠네? 좀 안됐다."

"왜?"

"일단 받기는 했지만, 작은아버지한테 신세를 지고 있으니까 바로 되돌려줄 거 아냐? 저번에 그랬잖아, 남한테 신세지고 사는 건 딱 질색이라고."

"아, 그거? 인마, 그건⋯."

소년은 뻔뻔스럽게 말했다.

"아무리 남한테 신세를 져도 주눅 들 필요는 없어. 세상에서 가장 소중한 건 자기 자신이야. 신세도 갚고 인생도 즐기며 살면 천당에 간답니다."

가스리가 톡 쏘아붙였다.

"흥, 지옥이겠지."

"아야야!"

소년이 소리를 질렀다.

소년은 부스럭부스럭 주머니를 뒤졌다. 1만 엔짜리 지폐를 꺼내 좍좍 주름을 폈다. 그것을 눈앞에 팔랑거리며 으스댔다.

"이것 봐."

장난치는 꼬마 같은 얼굴이었다. 둘이 같이 번화한 밤길을 걸어가자, 사람들이 흘끔흘끔 돌아보았다.

가스리가 "왜 그럴까?" 하고 혼잣말을 하자, 소년은 "교양이랑 이게 얼굴에 드러나잖아. 너하고 나는 다르니까." 하고 말하며 손가락으로 자기 머리를 가리켰다.

소년은 가스리한테 꼬집혀서 질겁했지만, 그런 소년에게 가스리는 오늘 하루 있었던 일을 얘기하고 싶었다.

소년의 말처럼 설사 자신이 얼마간 지성과 교양을 갖추고 있다고 해도 그것이 다른 사람을 바라볼 때는 흐려진다는 느낌이 절실하게 들었다.

가스리는 소년의 생각이 허점투성이고 독단으로 가득 차 있지만 어딘지 모르게 항상 진실한 데가 있는 것 같다고 생각했다.

소년은 가스리의 이야기를 진지하게 들었다. 도중에 농담을 하며 끼어들지도 않았다.

"아빠가 위로해 주긴 했지만, 난 그 일이 굉장히 마음에 걸려. 너무너무 찜찜하고 지금도 안절부절못하겠어."

소년이 입을 뗐다.

"찜찜하고 안절부절못하겠다는 말이 정답이네."

"무슨 뜻이야?"

"그럴 때는 누구나 자신이 초라하게 느껴지니까."

"…."

"그 아키코라는 사람은 처음에 네 아버지를 좋아했다고 했지? 결혼이 뜻대로 안 되니까 다른 남자한테 간 거고, 맞지?"

하나하나 확인하는 듯한 말투에 가스리는 당황했지만 일단은 "으응" 하고 대답했다.

"그런데도 뭔가 개운치 않아 곰곰이 생각해 보니까, 역시 네 아버지를 사랑했다 이거잖아. 어떻게 좀 안 될까 싶어서 꼬리 내리고 돌아온 인간이 어떻게 멋있을 수 있겠냐? 너는 사람이 변했다고 했지만, 그건 너무 당연한 얘기야."

"인마, 너는 더 좋아하는 쪽이 약자라는 것도 모르냐?" 하고 소년은 덧붙였다.

"머리 좋은 인간들은 역시 냉정하군. 도랑에 빠진 개를 보고, '저 개는 왜 저렇게 더러워?' 하면 그 개가 얼마나 난처하겠냐? 야, 왜 그렇게 노려봐?"

가스리는 입술을 깨물고 있었다.

"그 사람을 동정하라는 게 아냐. 어쨌거나 그 사람은 치사

한 짓을 했으니까 그만큼 대가를 치러야 마땅하지만, 그렇다고 그 사람을 얕잡아 볼 권리는 아무한테도 없어. 내가 하고 싶은 말은 이거야."

가스리의 눈에 눈물이 고였다.

"부모하고 싸우는 건 좋아. 하지만 자기 생각과 다르다고 해서, 누군가를 사랑하기 때문에 힘들어하는 사람한테 냉정한 건 옳지 않아. 그것도 그 사람을 얕잡아 보는 거야."

가스리는 파르르 몸을 떨었다. 남한테 이런 말을 듣는 것은 난생 처음이었다.

가스리가 말했다.

"갈래."

"왜?"

"…."

가스리는 홱 돌아섰다.

"맘대로 해."

소년이 차갑게 대꾸했다.

"감정 상하지 않게 적당히 말할 줄 모르는 인간이라서 미안하게 됐다."

가스리는 전봇대에 기대어 터져 나오려는 울음을 참았다.

소년은 하릴없이 돌을 차는 시늉을 했다.

소년이 무뚝뚝하게 말했다.

"나 참, 고작 이런 말을 듣고 찔찔 짜는 애는 처음 보겠네."

가스리가 소년의 팔을 붙잡았다. 있는 힘을 다 실었다. 소년의 팔을 붙잡고 있는 가스리의 오른팔이 부들부들 떨렸다.

굉장히 아팠을 텐데도, 소년은 표정 하나 바꾸지 않고 가스리가 하는 대로 가만히 두었다. 술 취한 사람이 불쑥 둘 사이에 얼굴을 들이밀었다.

소년은 귀찮다는 듯 왼손으로 그 사람을 밀어냈다. 그 사람이 다시 둘 사이를 비집고 들어왔지만 소년은 상대하려고 하지 않았다.

둘은 다시 걸음을 떼기 시작했다.

소년이 천진스레 말했다.

"아, 배고프다."

둘은 중국 음식집에 들어갔다. 만두와 야채볶음밥을 시켰지만, 가스리는 만두 두 개만 먹었다.

갑자기 소년이 말을 늘어놓기 시작했다.

"오사카에 이런 친구가 있었어. 성격 좋은 여자애였는데, 아버지는 의사였지. 아주 부자였어. 어느 해 여름인가 별로 좋아하지도 않는 웬 시답잖은 녀석이랑 자 버렸는데…."

가스리가 몸을 흠칫했다.

"다른 친구들은 남자 친구가 있는데 자기만 없는 게 쓸쓸했던 모양이야. 바보도 아니고…."

소년은 혼잣말처럼 덧붙였다.

"내가 그 자식을 시답잖다고 한 건, 여자관계가 복잡한데다가 병까지 있었기 때문이야. 가엾게도 그 친구한테 병이 옮고 말았지."

가스리는 소년의 얼굴을 보았다.

"그런 일이 생기면, 번듯한 집안이란 게 짐이 되는 법이잖아. 부모는 속여야지, 돈은 필요하지, 거의 반미치광이가 되더라고. 교양이나 환경이 걸림돌이 되는 바람에 울지도, 꽥꽥거리지도 못하고 말이야. 속으로 곯다가 결국 아주 심각한 신경증을 앓았지."

"…"

"내 친구 중에 히데오라는 녀석이 있어. 히데오가 그 애를 좋아했대. 나중에 들으니까, 그 애도 히데오를 좋아했다지 뭐야. 야, 세상에 그런 일도 다 있더라고."

가스리는 여전히 소년의 얼굴을 물끄러미 보고 있었다.

소년이 물었다.

"내 얼굴에 뭐 묻었냐?"

가스리가 꽉 잠긴 목소리로 말했다.

"우에노, 그 얘길 왜 나한테 하는 거야?"

"그건 말이야…"

소년은 스스럼없이 말했다.

"남녀 사이는 아무도 모른다는 말을 하고 싶어서야. 인간은 뭐든 다 아는 척하지만 사실은 아무것도 몰라. 나는 인간이란 원래 그러려니 생각하기 때문에 누군가가 황당한 짓을 해도 '그래, 저런 인간도 있지'라고 생각할 수 있거든. 너도 한번 그렇게 생각해 봐. 마음이 편해질 테니까. 몇 마디 좀 들었다고 찔찔 짜는 일 따윈 하지 않을걸?"

가스리가 소년의 옆구리를 꾹 꼬집었다.

"히익."

소년이 옆으로 물러났다.

가게 점원이 빈 그릇을 치우면서 뭔가 캐내려는 듯 은근슬쩍 물었다.

"더 필요한 거 없니?"

"없어요."

소년은 1만 엔짜리 지폐를 팔랑이며 계산대 쪽으로 걸어갔다.

둘은 기타센주역 앞 상점가를 걷고 있었다.

가스리는 그럭저럭 밝은 얼굴을 되찾았다.

좁은 길에 선술집이며 음식점이 빼곡하게 들어차 활기가 넘쳤다.

소년이 말했다.

"무지하게 멋진 아줌마니까, 놀라지 마."

오른쪽으로 꺾어서 샛길처럼 비좁은 길로 들어섰다.

'올새'라는 간판이 걸려 있는 음식점 앞에 소년이 멈춰 섰다.

"여기야?"

가스리는 이런 가게에는 처음이었다.

"뭐, 별로 먹을 만한 건 없지만."

소년이 말하면서 가게 문을 당겼다.

가스리는 소년의 등 뒤에 숨다시피 해서 따라 들어갔다.

"어서 오세요" 하는 소리에 이어서 "우에노냐?" 하는 소리가 들렸다.

"장사가 신통찮나 봐? 텅텅 비었네?"

"네깟 놈이 무슨 상관이야?"

예순 살쯤 되어 보이는 여자가 재떨이에 담뱃재를 톡 털며 말했다. 입술에 짙은 립스틱을 바른 여자였다.

소년이 가스리에게 말했다.

"이 집 주인아줌마야. 완전히 '도깨비 얼굴에 쥐 잡아먹은 입술'이지?"

가스리는 어이가 없었다.

"그따위 소리 하려고 일부러 여기까지 왔냐?"

여주인이 다짜고짜 기다란 담뱃대로 소년의 머리를 냅다 때렸다.

"어우, 아파."

소년이 머리를 감싸 쥐었다.

여주인이 가스리에게 말했다.

"앉아요."

"네."

가스리는 주뼛주뼛 자리에 앉았다.

휠체어를 탄 젊은 여자가 물수건을 갖다주었다. 가스리는 조금 놀랐다.

소년이 얻어맞은 머리를 문지르며 말했다.

"나호, 잘 있었어?"

나호라 불린 여자가 환하게 웃으며 느릿느릿 말했다.

"으…웅. 우에…노… 도?"

"이쪽은 미조구치 가스리. 같은 반이야."

소년이 둘을 서로 소개해 주었다.

"우에…노… 예…쁜… 사람… 같…이… 행… 복… 하겠…
네."

"나호도 행복하잖아."

"내…가… 뭐… 뭐가… 행… 복… 해?"

"나호한테는 나처럼 잘생기고 멋진 친구가 있으니까."

농담도 잘한다는 말이라도 한 걸까? 나호가 무슨 말인가
하고는 나긋나긋한 몸짓으로 소년을 톡 때렸다.

나호가 주방으로 들어가자 소년이 말했다.

"여기 맥주 좀 줘요."

"우리 가게에 미성년자한테 팔 맥주는 없다."

"뭐야, '쥐 잡아 먹은 입술'이 말한 거야?" 하고 소년이 말
했다.

"여기 맥주 달라니까. 이 사람, 스무 살이란 말이야."

"좀 아까 같은 반이라고 하지 않았어? 고등학교 2학년이
무슨 스물이야?"

"이 친구는 낙제를 했거든."

우악스런 여주인도 이 말에는 웃음을 터뜨리고 말았다.

"녀석, 입만 살아 가지곤. 부모님이 꽤나 애먹겠다."

"무슨 소리야? 나 같은 자식을 낳은 덕에 지금 놀고먹고 있
는데."

여주인이 소년에게 호통을 쳤다.

"놀고먹긴 뭘 놀고먹어!"

소년이 다정하게 말했다.

"나호, 이리 나와 봐. 같이 술 한잔 안 할래?"

나호가 잠깐 얼굴을 내밀고는, 지금 안주 만들고 있다고 역시 느릿느릿하게 말했다.

마침 여주인이 담배가 떨어졌다.

"내가 사 올게" 하고 소년이 말했다.

"아부를 좀 해야 되니까. 야, 갔다 오자."

가게에서 나오자 소년이 가스리에게 말했다.

"저 가게, 공사판 사람들이랑 처음 가 봤어. 그때만 해도 저 아줌마 남편이 가게에 나왔는데."

"그때만 해도?"

"암에 걸려서 지금은 저세상에 있어."

가스리의 낯빛이 조금 흐려졌다.

"남편이 암에 걸리면 누구든 좀 우울해지는 법이잖아. 그런데 저 아줌마는 그런 거 없어. 노래방 기기를 크게 틀어 놓고 신나게 노래를 부르지 않나…"

"야, 진짜 끝내 주는 여자 아니냐?" 하고 소년은 중간중간 자기 느낌을 섞어 가며 말했다.

"술 마시지, 춤추지. 끄덕도 안 하더라고. 손님들이 남편은 좀 어떠냐고 걱정스레 묻잖아? 그럼 뭐라는지 알아?"

"…"

"'글렀어, 그 인간' 이러는 거야. 그때는 나도 정말 오싹해서 아줌마를 쳐다봤지. 무슨 부부가 그러냐."

가스리가 말했다.

"속마음은 안 그렇겠지."

"물론 나도 그럴 거라고 생각했어. 본심을 숨기고 애써 태연한 척하는 거라고 말이야. 하지만 아무래도 그건 아닌 것 같아. 저 집 아저씨, 우리 아버지처럼 난봉꾼이었다더라. 나호도 저 아줌마네 아저씨가 딴 여자한테서 낳은 아이야."

가스리는 눈이 휘둥그레졌다.

"친엄마는 나호를 낳자마자 어디론가 내빼서 저 아줌마가 다 키웠대. 몸이 불편해서 고생도 참 많았을 텐데."

"도대체 무슨 마음일까?" 하고 소년이 말했다.

"난 말이야, 저 '쥐 잡아먹은 입술'의 뱃속이 어떻게 생겼는지 한번 보고 싶다니까. 집도 가게도 재산도 죄다 나호 앞으로 해 뒀다더라."

"너도 한번 보고 싶지 않냐, 저 아줌마 뱃속이? 넌 저 아줌마가 이해돼? 아무튼 소설가라면 쓸 얘기가 엄청 많을 거야."

그렇게 말하고 소년은 후욱 하고 긴 숨을 내쉬었다.

소년이 노래방 기기를 켜고 노래를 시작했다.

가와시마 에이고의 〈시대에 뒤떨어진 남자〉를 맑은 목소리로 불렀다.

...

눈에 띄지 않으며 큰소리치지 않으며
어울리지 않는 일엔 욕심내지 않으며
사람의 마음을 지그시 바라본다.
시대에 뒤떨어진 남자가 되고 싶어라.

나호가 소년 옆에서 함께 흥얼거렸다.

...

옛 친구에게는 친절을 베풀고
변함없는 친구임을 굳게 믿고서
이것저것 할 일이 많아도
자기 일은 나중으로 미루네.
시기하지 않으며 안달하지 않으며
거짓으로 꾸민 세계에 휘둘리지 않으며
사랑하는 누군가를 늘 생각하네.
시대에 뒤떨어진 남자가 되고 싶어라.
...

"저 노래는 도대체 끝이 없다니까."
여주인이 못마땅한 듯 말했다.
괜찮다는데도 나호는 굳이 휠체어를 밀고 나와서 두 사람
을 배웅했다.

소년이 웃으며 손을 흔들었다.

"또 올게."

나호는 느릿느릿, 아주 느릿느릿하게 말했다.

"또 와."

나호는 한 마디 한 마디 또박또박 힘주어 말했다.

"가스리, 또, 와요. 오늘, 재미있었어."

가스리는 눈에 눈물을 살짝 머금고 말했다.

"또 올게요. 꼭이요."

5

가스리는 하루 종일 기분이 나빴다.

딱히 약속한 것은 아니지만 일요일이면 으레 오전 중에 청소와 빨래를 대충 해치우고 서로 제 볼일을 보는데, 이날따라 가스리는 진종일 하릴없이 시간을 죽이며 이따금 고양이 차푸, 뽀뽀와 노닥였다.

"가끔은 인간답고 좋네."

미네코는 그런 가스리를 보며 대수롭지 않게 말했고, 가스리도 딱히 기분 나빠 하지 않았다.

"가라니까, 엄만. 왜 고집을 부려?"

가스리의 말에, 송이버섯을 다듬고 있던 미네코가 가스리를 힐끗 보며 대꾸했다.

"고집 부려서 미안하게 됐네요."

미네코는 애인과 사소한 일로 다투는 바람에 오늘 데이트를 취소한 참이었다.

"이럴 때도 있어야지."

미네코는 의외로 태연했다.

"어유, 튕기기는. 데이트 못 한 분풀이로 값비싼 송이버섯을 먹는 건 더 궁상맞아."

"그럼 넌 밥을 물에나 말아 먹든지."

미네코는 말려들지 않는다.

가스리는 식탁 위에 놓인 소쿠리에서 송이버섯을 하나 집어 들고 냄새를 맡았다.

가스리가 혼잣말처럼 말했다.

"아빠는 올해 송이버섯을 먹었을까?"

가스리가 힐끗 미네코를 보았다. 미네코의 표정은 변화가 없었다.

가스리는 조그맣게 "쳇" 하고 혀를 찼다.

가스리가 도전적으로 말했다.

"엄마, 오늘은 도통 안 말려드네."

미네코가 비아냥거리듯이 말했다.

"워낙 지겹게 너하고 신경전을 벌여 왔으니까."

"엄마는 옛날보다 어른스러워져서 영 재미가 없어졌어."

"어머, 그러니?"

"어머, 그러니? 어유, 얄미워."

가스리는 토라진 아이처럼 홱 등을 돌렸다.

"우연일지는 몰라도, 엄마랑 똑같다는 게 화나."

"똑같다니, 뭐가?"

가스리가 새침하게 대꾸했다.

"남자 친구랑 싸워서 데이트도 안 하고 하루 종일 집에만 있는 거 말이야."

"넌 싸운 게 아니잖아. 너 혼자 삐친 거니까."

"누가 삐쳤다고 그래?"

"삐친 게 아니면?"

"엄마, 분명히 말하는데….."

가스리는 입을 삐죽거렸다.

"우에노하고 난 엄마가 생각하는 것처럼 이상야릇한 사이 아냐."

"연애란 밀고 당기는 맛이 없으면 재미가 없는 법이지."

"아줌마들은 다 그렇게 천박하게 말해?"

가스리는 잔뜩 부어 있었다.

미네코는 눈 하나 깜짝하지 않았다.

"뭐, 그런가 봐."

"불결해, 불결해. 엄만 요즘 정말 불결해졌어."

"난 좀 더 불결해지고 싶은걸."

미네코가 말했다.

고양이 뽀뽀가 야옹 하고 울었지만, 가스리는 알은척하지 않았다.

"음, 향긋해."

미네코는 그렇게 말하고 다듬은 송이버섯을 부엌 개수대

로 가지고 갔다.

그러고는 손을 탁탁 털고 찬장에서 양주 한 병을 꺼냈다.

"엄마, 음식 만들면서 술 먹지 말라고, 내가 몇 번 말했어?"

가스리가 따지듯이 말했다.

미네코는 아무 말 없이 가스리의 코앞에 두 손을 갖다 댔다.

"뭐야?"

"송이버섯 향에 취해 양주 한잔 마시는 거, 근사하지 않니?"

미네코는 일요일의 즐거움이라고 강변하면서 호박색 액체를 술잔에 따랐다.

"아줌마의 즐거움이 고작 술이라니, 정말 비참하지 뭐야. 엄마, 내 말 듣고 있어?"

미네코가 말했다.

"응, 잘 듣고 있어. 즐거움이 술밖에 없는 건 아니니까 걱정마."

가스리는 짐짓 쌀쌀맞게 말했다.

"흥, 그래? 나중에 엄마가 알코올 의존증을 앓더라도, 나는 우에노처럼 엄마를 돌봐 주진 않을 테니까 알아서 해."

"그래 알았어. 지금부터 각오하고 있을게."

미네코는 술 한 모금을 마시고 잔을 든 채 잠시 그대로 서 있었다.

미네코가 송이버섯을 썰면서 물었다.

"우에노와 우에노 어머니 관계는 요즘 어때?"

가스리가 짜증스레 말했다.

"오늘은 제발 우에노 얘기하지 마."

미네코가 불만스러운 듯 중얼거렸다.

"자기가 먼저 꺼내 놓고선."

"엄마하고 똑같다고 생각하지 말아 줘. 우에노랑 나 사이에 있었던 일은 남자 여자가 서로 밀고 당기는 사랑싸움 같은 게 아니니까."

"어머, 그러니? 남녀 간의 사랑싸움이 더 재미있지 않아?"

"엄만 정말 요즘 너무 능글능글하고 유들유들해졌어."

미네코는 재미있다는 듯이 되뇌었다.

"능글능글하고 유들유들해졌어."

"내가 우에노한테 화를 내는 건 인간으로서 해서는 안 되는 짓을 했기 때문이야."

"얘, 너무 과장이 심하지 않니?"

"과장이 아니야, 엄마. 우에노는 처음에 이렇게 말했어. 아는 친구가 '이걸' 해서…."

"엄마, 이게 뭔지 알아?" 하면서 가스리는 오른손 집게손가락을 안쪽으로 구부려 보였다.

미네코가 고개를 돌리고 가스리를 보았다.

"도둑질…?"

"그래… 그 일을 처리하고 오겠다며 나랑 한 약속을 깼어."

"그런데 그 시간에 우에노는 너희 반 다른 여학생이랑 같이 걸어가고 있었단 말이지?"

"대체 왜 거짓말을 하는 거야?"

"나한테 화내 봤자 소용없잖니?"

"엄마한테 화내는 게 아냐. 그런 거, 난 절대 용서할 수 없어."

"무슨 사정이 있었겠지."

미네코는 대수롭지 않게 말하고, 물이 끓기 시작한 냄비의 뚜껑을 열고 잘게 썬 송이버섯을 듬뿍 넣었다.

"음, 냄새 좋다."

"엄마, 송이버섯덮밥이랑 내 이야기 중에 뭐가 더 중요해?"

"둘 다."

미네코가 천천히 가스리 쪽으로 고개를 돌렸다.

"자, 우리 앉자. 너도 한잔할래?"

"정말, 무슨 엄마가 이래?"

미네코가 의자에 앉자, 가스리도 미네코를 잔뜩 흘겨보며 마지못해 앉았다.

"우에노는 바람둥이 타입이 아냐."

"엄마!"

가스리가 빽 소리를 질렀다.

"자꾸 그런 식으로 말하면, 다시는 엄마랑 얘기 안 할 거야."

미네코가 짐짓 진지하게 말했다.

"알았어, 알았어."

"아무리 핑계 댈 게 없어도 그렇지, 친구가 도둑질했다고 둘러대는 건 심하지 않아? 엄마 같으면 용서할 수 있겠어?"

미네코는 고개를 갸웃거렸다.

"내 생각에는 뭔가 사정이 있을 것 같은데…."

미네코는 진심으로 그렇게 말했다.

"사정이 있으면 나한테 말해 주면 되잖아."

"너도 의외로 막무가내구나?"

"어째서?"

"여자애랑 걸어가더라는 말, 다른 사람한테 들었다며?"

"응."

"따지고 보면, 너는 그 말만 믿고 네 멋대로 오늘 약속을 취소한 거잖아. 그렇지?"

"맞아."

"그런데 우에노가 언제 어떻게 너한테 사정을 얘기하지?"

"…."

"얘기할 기회가 없잖아."

"데이트를 거절당했을 때, 내 기분을 알아차려 주면 안 돼?"

"그건 너무 이기적인 말 아닐까? 데이트를 거절당했을 때, 우에노가 너한테 아무 말도 안 하던?"

"이유가 뭐냐고 물었어."

"넌 뭐라고 대답했어?"

"가슴에 손을 얹고 자신한테 물어보라고 했어."

"그러니까 우에노가 뭐래?"

"그러냐고."

미네코는 쓴웃음을 지었다.

가스리가 분한 듯이 말했다.

"그러냐가 뭐야, 엄마? 할 말이 고작 그것뿐이냐고. 우에노는 바보야."

고양이 뽀뽀가 나긋나긋한 소리로 울며 가스리 발치로 다가왔다.

늘 그렇듯이 가스리는 먼저 전화를 하고 사내의 아파트를 찾았다.

가스리는 문을 열자마자 밝은 목소리로 말했다.

"아빠, 방해돼?"

"기분이 아주 좋아 보이는구나."

사내가 수건으로 머리를 닦으며 욕실 모퉁이를 돌아 얼굴을 쑥 내밀었다.

"아빠, 벌써 목욕했어?"

"수염만 깎았어."

"아빠, 오늘 밤 데이트 있어?"

"데이트?"

"이런 시간에 수염을 깎으니까."

"아, 이거?" 하고 사내가 말했다.

"네가 전화를 해서. 그래서…."

"응, 그랬구나" 하고 가스리는 중얼거리듯이 말했다.

"그러고 보니 아빠는 나한테 덥수룩한 얼굴을 보인 적이 별로 없네."

"이래 봬도 아빠는 너를 깍듯이 숙녀로 대접하고 있지."

가스리는 콧잔등에 주름을 모으며 쿡 하고 웃었다.

가스리가 사랑스럽게 말했다.

"고마워, 아빠. 하지만 우린 가족이잖아. 너무 그렇게 신경 쓰면 괜히 서먹하단 말이야. 난 그런 거 싫어."

사내는 가스리의 뺨을 살짝 꼬집었다.

"그런 모습은 부디 아빠한테만 보여다오."

"응?"

가스리가 사내를 쳐다보았다.

"너는 여자로서 꽤 매력이 있거든."

"그게 무슨 말이야, 아빠? 무슨 말이냐니깐?"

"남자들이 너한테 반한다는 뜻이야."

한동안 사내를 빤히 바라보던 가스리가 말했다.

"아빠, 되게 이상한 말을 한다."

"이상하긴 뭐가 이상해?"

"이상한 말이야, 분명히."

사내는 노란 수건을 목에 걸친 채 가스리의 추궁을 피하려는 듯 탁자 쪽으로 걸음을 옮겼다.

"아빠, 분명히 말하지만…."

가스리의 목소리가 쫓아왔다.

"난 남자 친구한테 애교 떠는 짓 따위는 절대로 하지 않을 거야. 그런 건 보기만 해도 닭살이 쫙 돋는단 말이야."

"물론 그렇겠지" 하고 고개를 끄덕이며 사내는 냉장고에서 캔맥주를 꺼냈다.

"아빠, 작업 안 해?"

사내가 대답했다.

"오늘은 끝났어."

사내가 캔맥주를 땄다.

"네 매력은 그렇게 시시한 게 아냐."

사내는 맥주를 맛있게 마셨다.

"아빠, 나는 남자들 눈길이나 끄는 여자는 되기 싫어."

"암, 그래야지."

사내는 빙그레 웃으며 가스리를 바라보았다.

가스리는 의자를 끌고 와 사내 앞에 앉았다.

"나, 아빠한테는 어리광도 부리지만, 다른 남자 앞에서는
아빠한테처럼 하지 않아."

"뭐야?"

사내는 웃었다.

이내 사내가 중얼거렸다.

"이거, 기뻐해야 할지 슬퍼해야 할지."

가스리가 다짐하듯이 말했다.

"우에노한테도 말이야."

"잠깐, 잠깐."

사내는 당황했다.

"인마, 너 뭔가 착각하고 있는 거 아냐?"

"상관없어. 난 아빠가 좋은걸."

사내가 한숨을 내쉬었다.

"아빠."

"응?"

"왜 한숨을 쉬어?"

"한숨이라니."

사내는 쓴웃음을 지었다.

"딸한테 좋아한다는 말을 듣고 한숨을 쉬는 아빠가 어디 있겠어?"

"정말?"

"정말이다마다."

"아빠는 냉정한 사람이니까 내가 진심으로 그러면 부담스러워할 수도 있잖아."

"호오" 하고 사내는 딸의 얼굴을 보았다.

가스리가 장난스러운 얼굴로 말했다.

"그렇지? 내 말이 맞지?"

"녀석, 당해 낼 수가 없군."

사내는 자기 뺨을 쓱쓱 문질렀다.

"아빠."

"응?"

"남들 눈에는 아빠랑 나랑 엄마 관계가 특별해 보일까? 평범하지 않은 가족으로 보일까?"

"흐음."

사내는 할 말이 궁했다.

"아빠랑 엄마는 성격은 다르지만, 둘 다 사람이나 사람 관계가 다양하다고 생각하잖아."

"그렇지."

"난 엄마 아빠가 이성적이기 때문에 그렇게 생각할 수 있다고 생각했어."

흐음, 하고 사내가 말했다.

"아빠, 세상에는 부모가 헤어져서 불행한 아이도 많지만, 부모가 헤어지지 않아서 불행한 아이도 그만큼 많다는 말, 알아?"

"케스트너가 한 말이지, 아마?"

"응. 그렇게 생각할 수 있었던 건 이성적이기 때문이겠지?"

"뭐, 그렇겠지."

"아빠, 엄마한테 미안한 말이지만 나는 아빠, 엄마를 통해서, 아빠와 엄마의 이혼을 보고 성장했다고 할 수 있어."

"그래. 부모로서는 좀 가슴 아픈 말이다만."

"그런가?"

가스리가 조그맣게 말했다.

"부모가 이혼한 것 때문에 아이들이 고통받는 건 싫어."

사내가 말했다.

"그것은 네가 따뜻한 마음을 갖고 있기 때문이겠지."

"아빠랑 엄마는 그렇지 않았어. 아빠, 엄마는 이혼 가정에 문제가 없을 거라고, 만약 있다면 그건 세상이 꾸며 낸 것일 뿐이라고 여기면서 의연하게 살아왔다고 생각해."

"꼭 틀린 말은 아니지만, 의연한 게 아니라 의연하게 살려고 노력함으로써 너한테 진 죄를 조금이나마 갚으려는 인간적인 마음도 있지."

"그런 마음도 있구나" 하고 가스리는 혼잣말처럼 말했다.

사내가 이야기를 재촉했다.

"그래서, 이성적이기 때문이라고 생각했다는 이야기를 계속하면?"

"누군가를 있는 그대로 보기 위해서는 지성도 필요하겠지만, 그 사람을 배려하는 마음도 있어야 한다고 생각하게 되었어."

사내가 나직이 말했다.

"배려라….”

"우에노랑 사귀면서부터."

"그랬군."

"우에노는 어딘지 아빠를 닮았어."

"그래?"

"무뚝뚝하고 냉정한 건 꼭 닮았고, 자신의 편견이나 취향으로 이러쿵저러쿵 남 얘기를 하지 않는 점도 비슷하고.”

"하하, 이것 참."

사내는 난처한 듯 중얼거리며 맥주를 마셨다.

"일일이 변명하지 않는 것도 그렇고. 하지만 아빠, 그런 성격은 좀 위험하다는 거 알아?"

"무슨 뜻이지?"

"하마터면 사이가 틀어질 뻔했어."

"아, 너하고 우에노 말이냐?"

"그래서 아빠도 걱정이야."

가스리가 말했다.

"아키코 씨랑 사귈 때도 사실은 조마조마할 때가 많았는걸."

가스리는 사내와 헤어진 여자의 이름을 오랜만에 입에 올렸다.

"어이쿠, 그렇다면 난 자식을 걱정시키는 부모인 셈이군."

"그걸 이제 알았어?"

가스리는 짐짓 어깨를 쭉 펴고 어린애처럼 으스대 보였다.

"아키코 씨는 틀림없이 아빠를 냉정한 사람이라고 생각했을 거야."

"갑자기 얘기가 왜 이리로 흘렀지?" 하고 사내는 쓴웃음을 지으며 새 맥주를 가지러 갔다.

가스리가 자연스레 물었다.

"아빠, 그 뒤로 아키코 씨한테서 연락 없었어?"

사내가 차분한 목소리로 대답했다.

"있었어."

"아키코 씨가 뭐라고 했는지, 물어봐도 돼?"

"되다마다."

사내는 부드러운 얼굴로 다시 가스리 앞에 앉았다.

"아키코 씨 잘 있대?"

"음, 내 느낌이지만, 그런대로 잘 지내고 있는 것 같았어. 너를 통해 자신의 마음을 전하려 했던 것을 사과하더구나."

사내는 경쾌한 소리를 내며 캔맥주를 땄다. 한 모금 마시고 나서, 사내가 말했다.

"너한테 속마음을 죄다 들켜 버린 듯한 기분이었다고 했어."

"그랬구나."

가스리는 나지막이 말하고는 고개를 떨어뜨렸다.

아키코는 이미 헤어진 남자 곁으로 돌아오기 위해 그 사람을 직접 찾아가지 못하고 그 사람의 딸을 찾아갔던 나약한 행동을 스스로 책망하고 있는 듯했다.

가스리는 그때 분명 아키코가 예전과 달라졌다고, 어딘지 못난 사람이 되어 버린 것 같다고 생각했다. 하지만 그것은 오만이라고 우에노에게 쓴소리를 들었던 일이 기억났다.

"나보다는 너한테 독립적인 인간으로 비칠 수 있도록 노력하며 살겠다는 말도 하더구나."

가스리가 고개를 숙인 채 말했다.

"아키코 씨, 참 대단해."

사내도 뭉클해져서 말했다.

"그렇지?"

가스리가 조금 잠긴 목소리로 물었다.

"아키코 씨가 혹시 다시 아빠를 만나고 싶단 말은 안 했어?"

"가스리한테 부끄럽지 않은 사람이 된 뒤에, 그때는 만나 주겠냐고."

"아빠한테?"

"응."

"아빠는 뭐라고 대답했어?"

"기꺼이 만나겠다고…."

가스리는 고개를 끄덕이고는 나직이 말했다.

215

"아빠도 대단해."

가스리가 불쑥 일어나 창가로 가더니 창밖을 내다보는 척했다.

사내는 가스리의 눈가가 아주 조금 붉어져 있는 것을 바로 알아차렸다.

사내가 분위기를 바꾸려고 말했다.

"그런데 너는 무슨 일이 있었던 거야?"

"우에노랑?"

가스리의 목소리는 아직 촉촉이 젖어 있었다.

"그래."

"우에노는 정말 괜찮은 애야."

가스리가 말했다.

"너무 괜찮아서 탈이지."

사내는 밝은 목소리로 말했다.

"무슨 소리인지 모르겠구나."

"조금 분하지만…."

가스리는 탁자 앞으로 돌아왔다. 그리고 일요일 내내 미네코와 함께 집에만 있었던 사연을 사내에게 이야기했다.

"아빠 어떻게 생각해?"

가스리의 목소리는 어느덧 발랄함을 되찾았다.

"엄마는 무슨 사정이 있을 거라고 말했고 결국 엄마 말이 맞았지만, 나는 그 얘기를 우에노한테서 들은 게 아냐. 아빠, 좀 너무하다고 생각하지 않아?"

사내가 맥주를 잔에 따르며 말했다.

"대체 무슨 소리야? 좀 차근차근 얘기해 봐."

"그날 우에노랑 같이 있었다던 기자키 미치코라는 아이가 나를 찾아와 어떻게 된 건지 얘기해 줬어. 요즘 나랑 우에노 사이가 이상한 건 자기 때문이라고 말하는 애들이 있는데, 내가 그렇게 생각하는 것도 괴롭고 우에노한테도 미안하다면서 말이야."

"흠."

사내는 흥미를 느꼈다.

"난 그런 거 싫어."

가스리가 말했다.

"남들이 우에노와 나 사이를 그런 식으로 생각하는 거, 너무너무 싫다고."

"네 마음을 이해하지 못하는 건 아니다만…."

"하지만 그건 이야기의 핵심하고는 관계없는 얘기니까 일단 제쳐 둘게. 우에노가 처리하고 오겠다고 한 건, 기자키 미치코의 여동생이 저지른 일이었대."

"뭐?" 하고 사내는 조금 놀란 듯이 말했다.

"그 애 집이 이런저런 사정으로 좀 복잡한가 봐. 우리 집처럼."

사내가 쓴웃음을 지었다.

"그 애는 동생의 잘못을 이야기해야 하는 게 괴롭다며, 눈물을 글썽거렸어."

"성실한 아이구나."

"그렇게 생각해, 아빠?"

"음."

"학교에서 눈여겨보고 있는 아이야."

"그래?"

사내는 놀라서 말했다.

"비행 청소년까지는 아니지만, 문제아로 취급받는 정도?"

"나도 학교에서 문제아인데 뭐."

"오냐, 안다, 알아."

사내는 또 한번 쓴웃음을 지었다.

"우에노는 그런 아이들의 울타리 같은 존재구나."

"응, 그런가 봐. 학교에서는 그렇게 무뚝뚝한데도 말이야."

"흠, 소년 다카쿠라 켄인가?"

사내는 그렇게 말하고 웃었다.

"어떻게 생각해, 아빠? 너무 괜찮은 애 같지 않아?"

가스리는 꽤나 분한 모양이었다.

가스리와 소년과 여자아이는 아사쿠사 공원에 있었다.

일요일 저녁이라 사람들이 워낙 붐비는 통에 느긋이 이야
기를 나누며 걸을 여유도 없이 공원까지 왔다.

"하필 이런 데다 약속을 잡을 게 뭐야."

그제야 소년이 입을 열었다.

여자아이가 말했다.

"오빠, 손잡아도 돼?"

"손잡는 것까지 일일이 물어보고 그러냐? 잡고 싶으면 그냥 잡아, 인마. 그렇게 남 눈치 살피다가는 원형 탈모증에 걸린다."

"원형 탈모증이 뭐야?"

"머리카락이 여기만 빠지는 거."

소년이 여자아이의 머리에 조그맣게 원을 그리며 말했다.

"마리코, 싫어."

"그런 걸 좋아하는 사람이 어디 있냐?"

여자아이는 소년의 손을 꼭 쥐고 소년 옆에 찰싹 달라붙었다.

소년이 가스리에게 말했다.

"얘가 초등학교 1학년이야. 아무한테나 이런다니까."

여자아이가 말을 되받았다.

"아무한테나 아냐."

소년은 냉정하다.

"무슨 꿍꿍이가 있으면 아무한테나 그러잖아."

여자아이가 입을 삐죽이며 말했다.

"나, 오빠가 좋은걸."

소년은 무뚝뚝하기만 하다.

"야, 네가 안 좋아해 줘도 괜찮아."

소년이 시계를 보았다.

"네 언니, 언제 온다고 했냐?"

"6시 반. 아직 20분 남았어."

"후유" 하고 소년은 한숨을 내쉬었다.

소년이 울타리를 넘어 잔디밭으로 들어갔다.

여자아이가 말했다.

"잔디밭에 들어가면 안 되는데…."

소년이 아이의 목소리를 흉내 내며 말했다.

"가게에서 몰래 초콜릿을 들고 나오면 안 되는데…."

"우에노."

가스리가 소년을 흘겨보았다.

소년은 잔디밭에 벌렁 드러누웠다.

아이가 후후후 웃고는 소년의 배 위에 걸터앉아 까불댔다.

소년이 말했다.

"인마!"

여자아이가 소년의 말투를 흉내 냈다.

"인마!"

"나 참, 별 이상한 녀석 다 보겠네."

소년이 여자아이를 밀치면서 몸을 일으켰다.

여자아이가 이번에도 소년을 흉내 냈다.

"나 참, 별 이상한 녀석 다 보겠네."

"네 앞날이 참 걱정된다."

"네 앞날이…."

소년의 큼직한 손이 아이의 머리로 날아갔다.

"오빠가 때렸어!"

아이는 손을 머리에 대고는 반쯤 우는 목소리로 가스리에게 매달렸다.

꽤 아팠는지 아이의 눈가가 붉어졌다.

"우에노, 어린애한테 무슨 짓이야? 그렇게 세게 때리면 어떡해?"

가스리가 정색을 하고 소년을 노려보았다.

"안 그러면 내가 당한다고."

가스리와 아이는 울타리 밖에 앉았다. 가스리가 아이의 왼손을 잡고, 둘이 같이 소년을 힘껏 때렸다.

아이가 가스리를 보고 헤헤 웃었다.

여자아이가 말했다.

"언니."

"응?"

"언니랑 오빠, 애인 사이야?"

소년이 손을 번쩍 쳐들며 말했다.

"자꾸 까불래?"

"또 때리려고 해."

여자아이가 가스리 등 뒤에 쏙 숨었다.

아이는 즐거운 듯했다.

"오빠랑 같이 밥 안 먹어 줄 거야."

여자아이는 샐쭉하게 그렇게 말했다. 하지만 역시 즐거워 보였다.

소년이 말을 되받았다.

"나야 고맙지."

"우리 언니가 맛있는 거 사 준다고 했는데."

"너는 네 언니가 왜 남한테 맛있는 걸 사 주는지 아냐?"

아이는 가스리의 손을 휘휘 흔들며 못 들은 척했다.

"돈도 많이 드는데 뭐 하러 남한테 한턱을 쓰겠어? 가게에서 물건 훔치는 네 병이 안 고쳐지니까, 네 언니가 걱정돼서 남들한테 잘 보이려고 그러는 거잖아. 인마, 듣고 있냐?"

여자아이가 토라져서 말했다.

"우리 엄마, 부자야."

"부자라고? 근데, 너를 거둬 주기나 한다냐?"

"…?"

"돌봐 주지도 않는다."

소년이 고쳐 말했다.

"짙게 화장하고 밤늦도록 일하는 엄마를 부자라고 박박 우기면서 그저 기대려고만 하다니, 너도 참 불쌍하다."

소년이 몸을 뒤집었다.

아이는 또다시 소년의 등에 올라탔다.

쿡쿡쿡 웃고 있다.

가스리는 그런 아이를 물끄러미 바라보았다.

아이는 소년의 등에 걸터앉아 흔들흔들 흔들었다.

"야, 방귀 나와."

여자아이가 까르르 소리 높여 웃었다.

이번에는 휙 돌아앉아 소년의 무릎을 잡더니 힘을 꾹 주었다.

"야, 똥 나와."

여자아이의 웃음소리는 밝았다.

아이가 무슨 말인가 한 것 같았다.

"이게 정말!"

소년이 벌떡 일어나 앉으며 여자아이를 휙 밀쳤다.

가스리가 물었다.

"왜 그래? 무슨 일이야?"

"이 녀석, 군옥수수를 사 달라잖아. 하여간 틈을 보이면 안 된다니까."

소년이 일어섰다.

별안간 다리 사이에 여자아이를 끼고는 힘을 꾹 주었다.

여자아이의 앙증맞은 비명 소리가 들렸다.

"인마, 빨리 옥수수 안 사 줘도 된다고 말해."

아이 얼굴이 새빨개졌다.

소년이 다리에 더 힘을 주었다.

"옥수수 안 사 줘도 돼…."

"핫도그도 안 사 줘도 돼."

"핫도그도 안 사 줘도 돼…."

"좋아, 그렇게 나와야지."

그제야 소년이 다리에 힘을 뺐다.

"바보!"

여자아이가 소리쳤다. 눈물이 흐르고 있었다.

소년은 웃었다.

"바보, 바보!"

아이가 소년의 품속에 파고들었다.

여자아이는 한동안 소년과 아웅다웅하다가 갑자기 몸에 힘을 쭉 뺐다.

그러더니 소년한테 몸을 기대며 휴, 하고 크게 숨을 내쉬고는 말했다.

"마리코 힘 다 빠졌어."

네 사람은 기자키 미치코의 큰어머니가 하는 불고기집에서 저녁을 먹었다.

기자키 미치코는 불고기 정도로 빚을 다 갚았다고 생각하지는 않지만 조금이나마 마음이 편해졌다고 했다.

그리고 가스리에게 말했다.

"가스리, 미안해."

기자키 미치코는 한창 밥을 먹다가 여자아이를 흘겨보며 말했다.

"우에노, 이 애 사 갈래?"

갈비탕을 후루룩거리며 소년이 물었다.

"얼마야?"

"얼마든지 깎아 줄게."

갑자기 여자아이가 벌떡 일어나 언니의 옆구리를 탁 찼다. 그리고는 소년 곁으로 갔다. 소년의 팔을 홱 치우고는 소년의 무릎 위에 폴싹 앉았다.

가스리와 소년은 아사쿠사 장외 경마권 발매소 남쪽으로 걷고 있었다.

소년은 때때로 멈춰 서서 누드쇼 사진을 구경하기도 했다.

가스리는 마뜩찮은 얼굴로 소년 옆에 서 있었다.

"이런 거, 재미있어?"

"뭐 별로."

"그런데 왜 봐?"

소년은 깔보듯이 대꾸했다.

"보이니까."

"너는 그런 식으로 세상을 사니?"

"나는 그런 식으로 세상을 살아."

소년은 아직 마리코와 장난치던 기분에 빠져 있는 듯했다.

가스리가 소년의 옆구리를 꽉 꼬집었다.

"아야야!"

소년이 몸을 비틀었다.

가스리의 손은 끈덕지게 소년을 쫓아갔다.

소년은 거기서 벗어나려고 가스리의 손을 잡았다.

가스리가 흠칫 놀라 손을 빼려고 했다.

소년은 자기 손으로 가스리의 손을 감싸듯이 잡고, 조금은 거칠게 제 주머니 속에 넣었다. 가스리가 고개를 푹 수그렸다.

손을 빼려는 가스리에게 소년이 물었다.

"이러는 거 싫어?"

"…."

소년의 손에서 힘이 빠졌다. 살며시 손을 주머니 밖으로 꺼내, 가스리의 손을 놓았다.

소년이 말했다.

"나, 네가 싫어하는 건 하지 않을 거야. 미안하다."

들릴 듯 말 듯 한 목소리로 가스리가 말했다.

"싫어."

"응?"

"싫어. 미안하단 말 하지 마."

"응."

소년이 다시 가스리의 손을 덥석 쥐고 힘을 꽉 주었다.

문득 가스리가 물었다.

"우에노, 시장 좋아해?"

"응."

"1년쯤 전이었나? 아빠를 졸라서 술집에 간 적이 있어."

"그래?"

"롯폰기에서 커피숍이나 레스토랑에 앉아 있는 사람을 볼 때는 별 느낌이 없는데, 시장 안의 술집에서 술을 마시는 사람을 보고 있으면 그 사람의 생활이나 성격까지 훤히 보이는 것 같아서 재미있어."

"응."

"할아버지한테 안주를 받아먹으며 활짝 웃는 어린 손녀를 봤어. 할아버지의 얼굴도 너무너무 보기 좋았고. 그 모습을 보고 우리 아빠는 천국이 따로 없다고 했어."

소년이 말했다.

"지옥일 때도 있긴 하지만."

이번에는 가스리가 "응" 하고 말했다.

"아빠는 어릴 때 고베의 가난한 동네에서 자랐어. 되게 가
난했대."

소년이 말했다.

"대충 알 것 같다."

"너희 아버지, 말을 안 하고 있으면 무서워 보이지만, 일단
대화를 나누면 상대방을 편안하게 만들지? 그게 가난한 사람
들의 냄새거든."

가스리의 입가에 살짝 미소가 번졌다.

"가난해서 무척 힘든 시절이었을 텐데도 그 시절 얘기를
할 때면 아빠가 얼마나 즐거워 보이는지 몰라."

"응."

소년은 고개를 끄덕였다.

"심부름 가던 길에 조선인 아줌마가 빨랫방망이를 두드리
는 게 재미있어서 시간 가는 줄도 모르고 구경하다가 야단을
맞거나…."

"아아, 그래" 하고 소년이 웃었다.

"좁다란 골목길이 나무랑 풀꽃으로 가득했다는 얘기며, 분
꽃으로 초롱을 만들고 놀았다는 얘기도 많이 했어."

"너희 아버지는 정말 옛날 영화에나 나올 법한 추억을 가
슴속에 많이 간직하고 있겠구나."

가스리가 불쑥 물었다.

"우에노, 고베에 있는 효고 운하라고 알아?"

"나는 오사카의 모리구치에서 자라서 고베는 잘 몰라."

"그 운하에 통나무가 많이 떠 있는데, 아빠는 그 통나무 위에서 하루 종일 놀았대. 그러다가 물에 빠져 호되게 야단을 맞아도 또 몰래 가서 놀았대."

"역시 성격은 어릴 때부터 나온다니까."

소년은 소년다운 말로 자기 느낌을 표현했다.

"나는 아직 가 본 적이 없지만, 아빠는 곧잘 목재 하치장 같은 데로 그런 광경을 보러 간댔어. 아빠 웃으면서 사색에 잠기기 좋은 곳이라고 말하지만 사실은 옛날을 그리워하고 있는지도 몰라."

소년이 중얼거리듯이 말했다.

"자기만의 세계를 가진 사람이라, 아주 멋진데?"

"응, 뭐라고?"

가스리가 소년의 얼굴을 바라보며 되물었다.

지붕이 있는 환한 상가 거리로 나왔지만 가게들은 대부분 닫혀 있었다.

가스리는 불빛에 눈이 부셔서 잡고 있던 손을 슬며시 놓았다.

소년이 물었다.

"왜 그래?"

"기자키 미치코 말이야, 어딘지 쓸쓸해 보였어."

가스리는 소년이 묻는 말에는 대답하지 않고 말했다.

"너랑 계속 친구로 지내고 싶은 거야, 틀림없이."

소년이 덤덤하게 말했다.

"그 녀석만 좋다면 나야 뭐 상관없지."

"그렇지만…."

가스리가 답답하다는 듯이 몸을 흔들었다.

가스리는 떼쓰는 어린애처럼 말했다.

"어유… 바보. 그런 말이 아냐. 미워, 우에노는."

소년이 물었다.

"그럼, 뭔데?"

"넌 왜 그렇게 사랑을 많이 받는 거야?"

"내가? 나 참, 별소리 다 듣겠네. 인마, 내가 사랑을 많이 받고 자랐다면 지금보다는 훨씬 제대로 된 인간이 되어 있을 거야. 나 참, 사람 심란하게 만드는군."

"우에노, 그거, 진심이야?"

소년이 대답했다.

"그래."

가스리가 샐쭉 눈을 흘기며 말했다.

"꼭 저렇게 나쁜 사람인 척한다니까."

불쑥 소년이 물었다.

"나 좋아하냐?"

가스리가 소년의 눈을 빤히 보았다.

"좋아해."

소년은 무뚝뚝하게 말했다.

"나야 너를 좋아하지만, 네가 나 같은 녀석을 뭣 때문에 좋아하냐?"

가스리가 소년의 팔을 붙잡고는 세차게 흔들었다.

"인마, 사람들이 보잖아."

소년이 허둥거렸다.

가스리의 손을 홱 잡아끌며 걸음을 재촉했다.

"미워, 우에노."

"이것 봐, 이것 봐. 나 미워하면서."

"어휴, 정말" 하고 가스리는 볼을 잔뜩 부풀렸다.

가스리는 화난 사람처럼 말했다.

"마리코는 우에노를 좋아해."

"아, 그 악동?"

"악동, 악동 하지 마. 마리코는 귀여운 아이야."

소년은 거리낌 없이 말했다.

"그 녀석 손버릇이 나쁘니까 하는 말이지."

"아동 상담소 카드를 보면, 도벽이 있고 거짓말을 입버릇처럼 한다고 적혀 있거든. 하지만 그거, 좀 이상하다고 생각하지 않냐? 사전에서 '도벽'을 찾아보면, 충동적으로 물건을 훔치는 병적인 증상이라고 쓰여 있는데, 그 녀석은 훔치기 전에 미리 변명을 생각해 두니까 엄밀하게 말해서 그건 계획적인 범행이거든."

가스리는 비난하는 눈빛으로 소년을 보았다.

소년은 짐짓 여자아이 흉내를 내며 말했다.

"'엄마가 만날 빈속에 술만 마시니까, 마리코가 컵라면이라도 끓여 주려고 그랬어요' 이렇게 말하는데, 누군들 홀랑 속아 넘어가지 않겠냐?"

"마리코가 나빠서 그런 게 아니잖아."

가스리가 조그맣게 말하고 입술을 깨물었다.

"그렇게 홀랑 속아 넘어가는 인간들이나 애한테 거짓말을 입버릇처럼 한다는 말을 아무렇게나 내뱉는 인간들한테 둘러싸여 있으니, 뭐가 되겠어? 그 꼬맹이가 한 수 위인데…."

소년이 말을 이었다.

"기자키 미치코한테 들은 말인데, 걔들 어머니가 감기에 걸려 누워 있을 때 꼬맹이가 약을 사러 간 적이 있대. 도중에 길을 잃어서 경찰한테 톡톡히 신세를 졌나 봐. 경찰 중에도 드물게 제대로 된 인간이 있나 보더라고. 아무튼 그때부터가 재미있어. 꼬맹이가 제 딴에는 경찰한테 뭔가 보답을 하고 싶었던 모양이야. 경찰서에 붙어 있는 지명 수배범 사진을 가리키며 '나, 이 사람 알아요' 했대."

가스리가 큰 소리로 말했다.

"어머! 정말 마리코가 그런 사람을 알고 있었어?"

"나 참, 알긴 뭘 알아, 그런 꼬맹이가."

소년은 어이가 없다는 듯이 대꾸했다.

"그 경찰 말이야, 가엾게도 콧잔등에 땀을 찔찔 흘리면서 여기저기 마구 끌려다녔지. 착한 사람은 대체로 그런 법이니까."

소년은 심드렁히 말했다.

"그 꼬맹이를 보면…. 불행을 짊어지고는 있지만, 크면 아주 괜찮은 여자가 될 거라는 생각이 들어. 그 녀석을 동정하는 인간이 있다면 오히려 그 녀석한테 코가 납작해질걸?"

소년이 조금은 진지한 투로 덧붙였다.

소년은 그렇게 말하고 좀 전까지 마리코와 장난을 치던 아사쿠사 공원 쪽으로 눈길을 주었다.

고양이 차푸와 뽀뽀가 대판 싸웠다. 빗자루로 둘을 갈라놓으며 가까스로 뜯어말렸지만, 어린 뽀뽀의 이마가 조금 찢어져 있었다.

"웬일이야?"

가스리는 뽀뽀를 안고 구급 상자를 가지러 갔다.

"그러게 말이야. 여태껏 사이좋게 잘 지내더니?"

미네코도 영문을 알 수 없었다.

"만날 꾸벅꾸벅 졸기만 해서 이제 노망이 들었나 했는데, 차푸가 더 힘이 셀 줄이야. 대체 무슨 일이지?"

가스리가 혼잣말을 중얼거리며 뽀뽀의 상처에 약을 발랐다.

뽀뽀가 응석 부리듯이 울었다.

"고양이한테는 고양이의 세계가 있으니까 간섭할 마음은 없지만, 이렇게 바쁜 아침 시간에는 사람을 놀라게 하지 말아 줘, 제발."

가스리는 그렇게 말하고는 무릎에 안고 있던 고양이를 살며시 바닥에 내려놓았다.

가스리는 시계를 언뜻 보았다.

"어머!"

미네코가 물었다.

"늦었니?"

"엄마, 미안한데 달걀 프라이 좀 해 줄래? 햄은 됐어. 오늘은 빵이라 다행이다."

가스리는 잔에 우유를 따르고 토스트를 집어 들었다.

"다 식었어."

허겁지겁 버터를 발랐다.

"엄마, 오늘 강의 있어?"

"오후에 하나."

"대학교수는 좋겠다. 만날 시간이 남아도니까."

미네코가 말했다.

"너도 교수 하면 되잖아."

"어유, 아침부터 엄마랑 실랑이하기 싫어."

미네코가 달걀 프라이를 가스리 앞에 놓았다.

"고마워. 엄마는?"

"나중에 먹을게."

"그럴래?"

미네코는 커피를 따라 느긋하게 마셨다.

"엄마."

"응?"

"나, 우에노랑…."

"우에노랑, 뭐?"

"내년 여름방학 때 간사이 지방으로 여행 가도 돼?"

미네코는 선뜻 대답했다.

"그러렴."

가스리가 오른손으로 자기 머리를 콩콩 때리며 말했다.

"엄마, 좀 이상한 거 아냐?"

"뭐가?"

"딸이 남자 친구랑 여행을 가겠다고 하면, 걱정이 돼서 이 것저것 묻는 게 정상 아냐? 보통 부모라면 말이야."

"너랑 우에노랑 간다며?"

"그래서?"

"엄만 걱정 안 해."

"아무튼 미워 죽겠어."

가스리는 삐죽거리며 우유 잔을 들었다.

미네코는 신문을 펼쳤다.

"우에노 엄마도 같이 갈 거야. 엄마, 마음 놓여?"

"응, 그래" 하고 미네코는 건성으로 대답했다.

"엄마."

"왜?"

"아빠한테도 같이 가자고 하고 싶은데….."

"그거 좋은 생각이구나."

"정말 그렇게 생각해?"

미네코는 잠깐 신문에서 눈을 떼고 말했다.

"그렇게 생각해."

"고베에 가서, 아빠가 어릴 때 놀던 곳을 돌아보고….."

미네코는 미소 띤 얼굴로 신문을 넘겼다.

"우에노랑 아빠랑 아와지섬에서 헤엄도 치고."

"좋겠지, 엄마?" 하고 가스리가 미네코를 보았다.

"어유, 정말. 신문만 보고. 어때? 엄마도 같이 갈래?"

미네코는 대답이 없다.

딱딱하게 굳은 얼굴로 뚫어져라 신문만 보고 있었다.

"엄마, 왜 그래?"

미네코가 자리에서 일어나 우왕좌왕했다.

"엄마, 왜 그러냐니까?"

미네코는 읽고 있던 신문을 확 덮었다.

"무슨 일이야, 엄마?"

미네코는 순간적으로 뭔가 결단을 내린 듯했다.

"가스리, 마음 단단히 먹고 읽어야 한다."

어리둥절해하는 가스리 앞에 미네코는 신문의 사회면을 펼쳤다.

"뭐, 어디?"

가스리는 미네코가 가리킨 기사를 읽었다.

"신예 판화가 미조구치 만조 씨는 폰타나의 작품을 표절했는가?"

충격적인 제목이었다.

기사는 한 미술관에서 사들인 미조구치 만조 씨의 작품이 이탈리아 공간주의를 대표하는 루치오 폰타나의 작품과 흡사하다고 주장하는 사람이 있어서 화제가 되고 있다는 내용이었다. 미조구치 만조 씨는 뉴욕에서 개인전을 성공적으로 마친 신예 판화가로 세계적으로 주목을 받고 있다는 글도 함께 실려 있었다.

"완전히 달라. 폰타나와 만조 씨의 작품은 형태도 기법도 완전히 달라. 칼로 찢은 듯한 날카로운 선이 의미하는 것도 정반대라고 봐야 한단 말이야."

미네코는 신문에 실린 두 사람의 작품 사진들을 번갈아 보면서 말했다.

진심으로 화가 난 말투였다.

"아빠가 이 작품을 만드느라 얼마나 고생했는데…."

가스리가 중얼거렸다.

"몇 번이나, 몇 번이나 다시 인쇄를 했지만 영 마음에 차지 않는다며…. 아빠는 절대로 다른 사람을 흉내 내지 않았어."

싸늘한 가스리의 목소리가 분노로 떨리고 있다.

가스리가 울먹이는 소리로 말했다.

"아빠가 너무 가엾어."

미네코는 자리에 앉은 채 머리를 감싸 쥐었다.

가스리가 일어났다.

"아빠한테 가 봐야겠어."

미네코가 말렸다.

"기다려."

가스리가 신경질적으로 외쳤다.

"아빠가 지금 괴로워하고 있을지도 모르잖아!"

"가스리, 엄마 말 좀 들어 봐. 응?"

미네코는 가스리의 어깨를 감싸안고, 자리에 도로 앉혔다.

"네 말이 맞아. 만조 씨는 괴로워하고 있을지도 몰라. 하지만 그 괴로움은 만조 씨 외에는 아무도 해결해 줄 수 없어. 주변 사람이 걱정하는 것을 알면, 만조 씨는 더 괴로울 거야. 한동안 가만히 내버려두는 것도 그 사람에 대한 배려야."

"…"

"지금 네가 만조 씨를 만나러 가면, 네 기분이야 나아질 수 있겠지. 하지만 만조 씨는 네 기분까지 떠맡아 괴로워해야 할 거야."

가스리가 조용히 일어섰다.

"어떡하려고?"

미네코가 가스리를 올려다보았다.

"엄마 말은 절반은 이해하겠는데 절반은 이해할 수 없어. 하지만 엄마 말대로 할게."

가스리는 그렇게 말하고 가방을 들었다.

그날 가스리는 학교에서 아무것도 할 수 없었다.

가스리는 결국 참지 못하고 학교에서 돌아오는 길에 사내에게 전화를 걸었다.

"아빠, 기운 내…."

그렇게 말하는 순간, 가스리는 감정이 북받쳐 올라 흐느껴 울었다.

"나… 아무것도 할 수가 없어….'

전화기 너머로 사내의 차분한 목소리가 들렸다.

"왜 그래? 기운을 내야 할 사람은 오히려 너인 것 같구나."

"아빠… 미안해."

"그래, 그래" 하고 사내가 말했다.

사흘 뒤, 가스리는 미네코에게 사내의 집에서 묵고 오겠다고 말했다.

미네코는 염려스러웠다.

"괜찮겠니? 만조 씨가 괜찮다고 했어?"

가스리가 한껏 명랑하게 말했다.

"오랜만에 아빠한테 맛있는 음식을 만들어 드리고 싶어."

"그럼 재료는 내가 사 줄게."

미네코의 제안으로 둘은 조금 멀리 떨어진 시장까지 함께 장을 보러 갔다.

가스리가 참마 주아(참마 잎겨드랑이에서 자라는 싹)를 발견했다.

"냄새가 좀 나서 난 별로지만 아빠가 좋아하니까 이걸로 밥을 지을래."

가스리는 이렇게 말하며 참마 주아를 샀다.

쥐치 회가 있어서 그것도 샀다. 고운 체에 거른 쥐치 간즙에 쥐치 회를 찍어 먹는 것을 아주 좋아했다.

가스리는 순무 새우찜도 만들겠다고 순무와 대하 몇 마리
도 샀다.

"자, 선물이야."

미네코가 값비싼 송이버섯 두 개를 얹어 주며 말했다.

가스리는 장 본 것을 들고 사내의 집으로 서둘러 걸었다.

가스리는 문 옆의 초인종을 눌렀다.

문이 조금 열리고 "아" 하는 사내의 목소리가 들렸다.

가스리는 문을 활짝 열어젖혔다.

가스리가 깜짝 놀라 저도 모르게 소리를 질렀다.

"아빠!"

텁수룩한 수염으로 뒤덮인 사내의 얼굴이 거기에 있었다.
눈이 움푹 들어가 눈언저리가 거뭇했다.

"아빠."

가스리는 목이 메었다.

사내는 잠자코 가스리의 머리를 자기 품으로 끌어당겼다.
팔에 힘을 주었다.

"아빠."

가스리는 사내의 허리를 감싸안고, 사내 가슴에 얼굴을 파
묻고는 소리 죽여 울었다.

둘은 한동안 그대로 있었다.

사내가 부드러운 목소리로 말했다.

"맛있는 음식 만들어 주려고 온 거 아니었나?"

사내의 품속에서 가스리가 고개를 끄덕거렸다.

가스리는 사내에게 우는 얼굴을 보이지 않으려고 먼저 안으로 들어가 곧장 부엌으로 갔다.

"아빠."

가스리의 목소리는 아직 젖어 있었다.

"엄마가 송이버섯을 사 줬어, 아빠한테 주는 선물이래."

"그래."

"올해에 벌써 먹었어?"

"송이버섯 말이냐?"

"응."

"찜 요리로 한 번 먹었지."

"아빠."

"응?"

"맥주 마실래?"

가스리의 목소리도 그럭저럭 밝아졌다.

"오랜만에 한잔할까?"

사내의 목소리도 조금 활기를 띠었다.

"당장 시집가도 되겠다."

가스리가 장만한 음식들을 앞에 두고 사내가 말했다.

"엄마한테 배운 요리보다 아빠한테 배운 요리가 더 많아."

"그런가?"

"아빠한테 배운 건 죄다 일본 음식뿐이야."

"하긴 내가 주로 그런 음식을 먹으니까. 말하자면 어머니의 손맛으로 돌아가는 거지. 아빠는 가끔 요리를 하다가 깜짝 놀랄 때가 있어. 무심결에 옛날에 어머니가 만들어 주시던 음식을 만들곤 하거든. 남자니까 직접 배우지는 않았지만, 어깨 너머로 보면서 흉내 내다가 저절로 익힌 것 같아."

가스리가 재미있다는 듯이 말했다.

"그럼 나는 아빠의 손맛으로 돌아가는 건가? 어째 좀 이상하네."

사내가 순무 새우찜을 먹어 보고 말했다.

"음, 맛이 괜찮은데?"

"이것도 아빠한테 배웠잖아. 다들 놀라, 내가 이걸 만들면."

"그렇겠지, 손이 많이 가는 요리처럼 보이니까. 사실은 간단한데."

"응, 맞아."

가스리가 일어나더니 몸을 돌려 부엌으로 갔다.

"다 됐을까?"

가스리는 알루미늄 포일에 싸인 송이버섯이 잘 익었는지 살펴보면서 말했다.

"와, 냄새 좋다."

가스리가 알루미늄 포일 끝을 쥐고 "앗, 뜨거워" 하면서 식탁으로 돌아왔다.

"순무 새우찜을 만들 때면 내 생각을 해 주려나?"

사내가 혼잣말처럼 말하자, 가스리가 놀란 듯이 쳐다보았다.

"아빠, 왜 그런 말을 해!"

사내는 힘없이 웃으며 말했다.

"아니, 네가 할머니가 된 뒤에도 말이야."

가스리는 갑자기 정색을 하고는 굉장히 어려운 일이라도 하듯이 부엌에서 가져온 구운 송이버섯을 손으로 찢기 시작했다.

그날 밤 가스리는 꿈을 꾸었다.

고통스레 가위눌리고 있는 자신을 또 다른 자신이 역시 가위눌리며 바라보고 있는 꿈이었다.

불 켜진 방으로 가야겠다고 생각했지만, 쇠사슬에 꽁꽁 묶인 듯 움직일 수가 없었다. 억지로 움직이려고 하면 비명이 터져 나올 만큼 몸이 무지근했다.

가까스로 다다른 방에 아빠가 있었다. 아빠는 이부자리 위에 앉은 채 어딘가를 응시하고 있었다. 눈이 번들거려 무서웠다.

"아빠."

겨우 목소리를 짜내어 아빠를 부르고 숨죽여 울고 있는 자기 자신을, 또 다른 자신이 울면서 바라보고 있었다.

하나 둘,

하나 둘,

하나 둘,

축구부가 줄을 지어 달려온다.

하나 둘,

하나 둘,

하나 둘,

구령 소리가 가스리의 귓가를 스치고 갔다.

멀어져 가는 기운찬 젊은이들을 가스리는 멍한 눈으로 좇았다.

테니스공이 땅에 튕겨 오르는 소리가 났다.

개 한 마리가 목줄을 끌며 부랴부랴 달려갔다.

가스리는 마음을 굳힌 듯 교실로 발길을 재촉했다. 조금 늦을지도 몰랐다.

미네코가 입시 업무로 회의를 하는 도중에, 가스리한테서 온 전화를 받았다.

가스리는 일이 언제쯤 끝나는지 물었다. 미네코는 8시를 넘길지도 모른다고 대답했다.

"왜? 무슨 일 있어?"

"아빠한테 전화를 해 봤는데, 아빠가 없어."

미네코는 가스리 목소리가 떨리고 있는 것 같다고 생각했다.

"만조 씨가 없다고?"

"없어!"

거의 이성을 잃은 듯한 가스리의 목소리가 미네코의 귀에 꽂혔다.

"너, 어제 만조 씨 집에 갔잖아. 그런데 오늘 만조 씨가 집에 없는 게 무슨 큰일이라는 거야? 볼일 보러 나갔나 보지."

사무실 한구석에서 전화를 받고 있던 미네코는 주위 눈치를 살피며 잔뜩 목소리를 죽였다.

"엄마한테는 말 안 했지만, 어제, 아빠가 좀 이상했어…. 그래서…."

"이상해?"

그렇게 되물으며 미네코는 가스리가 울고 있는지도 모른다고 생각했다.

"잠깐만, 딴 데 가서 다시 전화할게. 일단 전화 끊어."

미네코는 잠깐 자리를 비우겠다며 밖으로 나갔다.

남들이 들을 염려가 없는 곳에서 다시 전화를 했다.

"이상하다는 게 무슨 뜻이니? 좀 자세히 얘기해 봐."

"엄마가 걱정할 것 같아서…."

역시 가스리는 울고 있었다.

"말 안 했는데… 아빠는 몰라볼 만큼 야위어서… 나한테는 애써 밝은 얼굴을 보였지만…."

가스리의 울음소리가 전화기 너머로 들려왔다.

"아빠는 꼭 넋 나간 사람 같았어…."

"…."

"아빠 자꾸 옛날 얘기만 했어!"

가스리가 격렬하게 흐느꼈다.

"아빠 잘못되면 어떡해? 응, 엄마? 아빠 잘못되면 어떡해!"

미네코는 나무라듯이 말했다.

"가스리, 진정해. 정신 좀 차리고."

"엄마아…!"

"알았어."

미네코가 말했다.

"만조 씨 집에 가 보자. 됐지? 가스리, 아무 걱정 마."

미네코는 간략하게 약속 시간과 장소를 정했다.

"가스리, 걱정할 것 없어. 네 아빠는 강한 사람이니까."

미네코는 한 번 더 말했다.

"아무 걱정할 것 없어."

가스리는 지하철역에서 초조하게 미네코를 기다리고 있었다.

미네코가 총총걸음으로 달려와 가스리의 어깨를 감싸듯이 안았다.

가스리는 가늘게 떨고 있었다.

미네코가 어깨를 감싼 손에 지그시 힘을 주었다. 딸의 예민한 감수성이 가슴 저미도록 안타까웠다. 둘은 묵묵히 밤길을 걸었다.

"너, 만조 씨 집에 들어갈 수 있어?"

사내의 아파트가 가까워지자, 미네코가 가스리에게 물었다. 가스리는 고개를 끄덕였다.

"나를 위해서 온수기 뒤쪽에 항상 열쇠를 놓아둬."

그러고 나서 두 사람은 다시 묵묵히 걸음을 옮겼다.

엘리베이터를 탔을 때, 미네코는 가스리의 얼굴이 백지장

처럼 창백하다는 것을 알았다.

'너무 걱정 마.'

미네코는 그렇게 말해 주고 싶었지만 도저히 그럴 기분이
아니어서 지그시 입술만 깨물었다.

사내의 집 앞에 섰다.

가스리는 불안한 얼굴로 뭔가에 매달리듯 "아빠…" 하고
중얼거렸다.

열쇠를 끼우는 가스리의 손이 떨려, 딸깍딸깍 하고 메마른
소리가 났다.

"얼른 둘러봐."

그나마 미네코는 바짝 정신을 차린 목소리였다.

미네코는 현관에 서 있었다. 미네코 나름의 예의인 듯했다.

안에서 가스리의 목소리가 들렸다.

"없어. 아빠, 없어."

"가스리, 욕실은 살펴봤어?"

미네코의 목소리도 조금 떨렸다.

"없어."

미네코는 후유 하고 한숨을 내쉬었다.

안도감과 불안감이 한데 몰려와, 미네코는 그 자리에 주저
앉고 싶었다.

"엄마, 이리 와 봐!"

날카로운 소리였다.

"엄마!"

미네코는 허겁지겁 구두를 벗고 가스리가 있는 사내의 서
재로 달려갔다.

"엄마!"

가스리가 눈을 부릅뜨고 있다.

"아빠가….."

가스리가 가리키는 것은 일기장일까? 두꺼운 푸른색 노트
가 펼쳐져 있고, 거기에 뭔가가 적혀 있었다. 미네코는 재빨
리 훑어 내려갔다.

"죽음에 직면했을 때 자기 곁에 아무도 없더라도, 직접적
으로는 누군가의 사랑을 받지 못했다 해도, 평생토록 타인을
깊이 사랑하고 타인에게 깊이 사랑받았으며 그렇기에 인간
일 수 있었다는 충족감과 체념을 자신의 것으로 만들 수 있다
면, 그 인간은 진정으로 자주적인 인간이리라. 내 작품은 그
런 것이었다고 믿는다."

"엄마."

가스리의 눈이 간절하게 뭔가를 묻고 있었다.

미네코는 고개를 저을 수밖에 없었다.

"아빠, 어디에 있어?"

가스리가 바닥에 무릎을 툭 떨어뜨린 채 가까스로 목소리
를 짜냈다.

"아빠, 어디 있어!"

가스리는 흐느끼듯 내뱉고 결국 울음을 터뜨렸다.

"왜? 누군가의 사랑을 받지 못했다니, 왜 그런 말을 하는 거

야. 내가 아빠를 얼마나 사랑하는데….”

가스리가 몸부림쳤다.

“그럼, 아빠랑 나는 뭐였어? 아빠랑 나는 도대체 뭐였냐
고….”

가스리는 꺽꺽 목 놓아 울었다.

“아빠는 이기적이야…. 세상에서 제일 이기적인 사람이야….”

가스리는 목이 막혔고 온 얼굴이 눈물로 범벅이 되었다.

“아빠가… 미워… 세상에서 아빠가 제일 미워!”

가스리는 고통에 몸부림치며 부르짖었다.

창밖으로 거리의 불빛이 흐르듯이 지나쳐 갔다.

가스리는 등받이에 몸을 기대고 앞만 노려본 채 꼼짝도 하
지 않았다.

“만조 씨가 거기에 없으면 곧바로 돌아오자. 만조 씨 친구
분들한테 뒷일을 맡겨 놓고 왔으니까. 알았지, 가스리? 짐작
가는 곳이 아직 남아 있으니까 돌아가서 친구분들과 나눠서
찾아보자.”

미네코는 똑같은 말을 한 번 더 되풀이했다.

사실 그 일 때문이라기보다, 거기서 사내를 찾지 못했을 경
우 가스리가 실망할까 봐 걱정이 되어 그렇게 말한 것이다.

“목재 하치장에는 지금도 통나무가 떠 있나요?”

택시 운전사는 고개를 갸웃거렸다.

“새로 생긴 목재 하치장으로 다 옮겼다고 들었는데요.”

미네코가 가스리에게 물었다.

"만조 씨가 분명히 목재 하치장이라고 했지?"

가스리는 고개를 끄덕였다.

"죄송해요, 기사님. 일단 목재 하치장으로 가 주세요."

"그러죠."

가스리는 이 대화를 듣고 있지 않는 듯했다.

20분쯤 뒤에 택시는 콘크리트 제방 위를 천천히 달리고 있었다.

"이 주변입니다만."

"저쪽이 운하인가요?"

"그렇습니다."

미네코가 가스리를 보았다.

"가스리, 내리자."

택시 운전사에게 기다려 달라고 부탁하고, 둘은 차에서 내렸다.

운전사도 따라 내렸다.

다리 위에서 운하를 바라보았다. 검은 물밖에 보이지 않는 살풍경하고 황량한 광경이 펼쳐져 있었다.

운전사가 말했다.

"새 목재 하치장일 겁니다, 통나무가 떠 있는 곳은⋯."

"가스리, 어떡할까? 가 볼까?"

가스리는 단호하게 말했다.

"가 볼래."

다시 차를 타고 달려갔다.

시영 아파트를 막 지났을 무렵부터 삭막하기 그지없는 시커먼 건물이 불뚝불뚝 솟아 있어, 마치 사람의 접근을 거부하고 있는 듯 보였다.

유메노시마 대교를 건너고 있을 때, 가스리가 왼쪽을 가리켰다.

"엄마, 저기."

목재 하치장이었다.

미네코가 말했다.

"저기까지 걸어갈 수 있을까?"

택시 운전사가 말했다.

"차를 타고 좀 더 가야 할 것 같은데요?"

왼쪽에 신키바역을 두고 센고쿠교를 건넜을 즈음, 나무 냄새가 훅 풍겼다.

도쿄 목재 조합 같은 글자가 보였다.

"아무튼 갈 수 있는 데까지 가 보죠. 거기서 돌아 나오면 되니까요."

끝은 바다였다.

"엄마, 아빠 헤엄 잘 치지?"

가스리는 뻔히 아는 사실을 새삼 확인했다.

미네코는 딸이 무슨 생각을 하고 있는지 너무나도 잘 알고 있어서, 위로의 말도 하지 못한 채 손만 꼭 잡아 주었다.

차는 목재 하치장을 빙 돌아, 히가시센고쿠교를 건넜다. 거기서는 목재 하치장이 한눈에 들어왔다.

가스리와 미네코는 차창 밖 풍경을 뚫어지게 바라보았다.

운전사는 눈치껏 천천히 달렸다.

다리를 다 건너자 운전사가 물었다.

"여기 잠깐 세울까요?"

얼어붙은 듯한 목소리로 미네코가 말했다.

"그냥 가 주세요."

목재 하치장이 시야에서 사라지자 미네코가 말했다.

"잠깐 세워 주세요."

둘은 차에서 내렸다.

미네코는 가스리를 보지 않았다.

자신이 본 것을 분명 가스리도 보았을 거라고 확신했다.

다리 밑에는 두 사람보다 훨씬 키가 큰 미역취와 물억새가 무성하게 자라 운하까지 죽 이어져 있었다.

둘은 한마디 말도 없이 콘크리트가 깔린 다리 아랫길을 지나 통나무가 떠 있는 물가로 갔다.

거기에 어떤 윤곽이, 잡초들 사이에 동그마니 서 있는 뭔가가 보였다.

갑자기 가스리가 소리쳤다.

"아빠! 아빠!"

달렸다.

가스리는 달렸다.

몸에, 뺨에, 뭔가가 부딪쳤지만 가스리는 그대로 달렸다.

사내가 느린 영상처럼 천천히 다가와 가스리 앞에서 푹 무너졌다.

가스리의 손이 사내를 더듬어 부둥켜안고, 사내는 더욱더 격렬하게 가스리를 제 품에 안으려는 듯 힘을 주었다.

"아빠! 미워! 아빠! 너무너무 미워!"

가스리의 울음소리가 어둠을 갈랐다.

해 질 녘, 가스리와 소년은 오차노미즈에서 유시마 쪽으로 걷고 있었다.

1, 2미터쯤 떨어져서, 마리코가 잔뜩 부은 얼굴로 따라왔다.

"그랬구나. 그런 일이 있었구나."

소년은 갑자기 햇빛을 본 듯한 얼굴로 나직이 중얼거렸다. 그러고는 눈부신 듯 가스리를 바라보았다.

"역시 부모 자식은 늘 전쟁이라니까. 너희 집도 말이야."

소년다운 반응이었다.

"네 아버지가 유서를 쓴 것도 아니니까 따지고 보면 네가 호들갑을 떤 셈이지만, 사실 그런 걱정은 누구한테나 고맙지."

"자식, 남보다 몇 배나 많은 경험을 하며 사는군" 하고 소년이 중얼거렸다.

그때 마리코가 뒤에서 소년의 다리를 냅다 걸어찼다.

"야, 인마, 왜 그래?"

"왜 가스리 언니하고만 얘기해?"

마리코가 부루퉁하게 말했다.

"중요한 얘기가 있다고 했잖아. 그것도 못 알아먹는 녀석은 저 도랑에 확 빠뜨려 버릴 거야."

"도랑 아니야. 잉어가 헤엄치고 있는걸."

마리코는 어떻게든 둘의 이야기에 끼고 싶었다.

"그럼, 잉어하고 놀아. 그게 나도 편하니까."

"마리코는 수염이 없단 말이야."

"어휴, 아무튼…" 하고 소년이 마리코를 돌아보았다.

"인마, 네 언니 아르바이트 끝날 때까지만 기다리면 바로 데려다줄게. 그런데 도대체 내가 왜 너를 데려다줘야 하는 거냐, 응?"

"엄마 쉬는 날이란 말이야."

"그래, 그래, 알았다."

마리코는 큰어머니네 이층 방에서 언니와 단둘이 살고 있었다.

"대체 부모가 뭐가 그렇게 좋다는 거야?"

소년이 말했다.

"귀 따갑게 잔소리나 해 대고, 그저 성가시기만 할 뿐이야. 너도 어릴 때부터 전쟁이냐?"

여자아이가 톡 쏘아붙였다.

"마리코는 전쟁 싫어."

"쳇, 그러냐?"

소년이 여자아이를 보았다.

여자아이가 헤헤 웃고는 소년의 손을 잡았다. 다른 한 손으

로 가스리의 손을 잡고 행복한 듯 팔을 흔들며 노래를 흥얼거
렸다.

양철북 청소년문학 9

소녀의 마음

1판 1쇄   2004년 1월 30일
2판 1쇄   2008년 9월 19일
3판 1쇄   2024년 4월 3일

글쓴이   하이타니 겐지로
옮긴이   햇살과나무꾼
펴낸이   조재은
편집   이혜숙
디자인   서옥
관리   조미래

펴낸곳   (주)양철북출판사
등록   2001년 11월 21일 제25100-2002-380호
주소   서울시 영등포구 양산로91 리드원센터 1303호
전화   02-335-6407
팩스   0505-335-6408
전자우편   tindrum@tindrum.co.kr
ISBN   978-89-6372-431-7 (03830)
값   15,000원